빛의 여인 강여정

- 태초의 여인으로써 탄생할 때 -

빛의 여인 강여정

발행일	2019년 10월 21일		

지은이 　강 여 정
펴낸이 　손 형 국
펴낸곳 　(주)북랩
편집인 　선일영　　　　　　　　　　　　　편집　오경진, 강대건, 최예은, 최승헌, 김경무
디자인 　이현수, 허지혜, 김민하, 한수희, 김윤주　제작　박기성, 황동현, 구성우, 장홍석
마케팅 　김회란, 박진관, 조하라, 장은별
출판등록 　2004. 12. 1(제2012-000051호)
주소 　서울특별시 금천구 가산디지털 1로 168, 우림라이온스밸리 B동 B113~114호, C동 B101호
홈페이지 　www.book.co.kr
전화번호 　(02)2026-5777　　　　　　　　팩스　(02)2026-5747

ISBN 　979-11-6299-944-8 03810 (종이책)　979-11-6299-945-5 05810 (전자책)

잘못된 책은 구입한 곳에서 교환해드립니다.
이 책은 저작권법에 따라 보호받는 저작물이므로 무단 전재와 복제를 금합니다.

이 도서의 국립중앙도서관 출판예정도서목록(CIP)은 서지정보유통지원시스템 홈페이지(http://seoji.nl.go.kr)와
국가자료공동목록시스템(http://www.nl.go.kr/kolisnet)에서 이용하실 수 있습니다.
(CIP제어번호: CIP2019042116)

(주)북랩 성공출판의 파트너
북랩 홈페이지와 패밀리 사이트에서 다양한 출판 솔루션을 만나 보세요!
홈페이지 book.co.kr　**블로그** blog.naver.com/essaybook　**원고모집** book@book.co.kr

개정판

태초의 여인
빛의 여인

강 여 정
시   집

빛의 여인 강여정

태초의 여인으로써 탄생할 때

북랩 book Lab

2018년 10월 24일 뼈를 거두실 때 글을 쓰기 시작한다.

뼈는 흙의 흙으로써 만드시기 때문이다.

흙은 살이며 흙의 흙은 뼈이다.

뼈를 거두심은 온전히 드러내심이다.

온전히 드러내시기에 사람의 말로써 글을 쓸 수 있다.

뼈를 거두시기에 내일 똥이 안나오면 강여정은 죽는다.

몸에 살도 없고 뼈도 없이 시간을 임신한 채로 있으면 숨을 못쉬기 때문에 죽는다.

남편에게 저녁을 차려주고 강여정이 꿈을 꾼다.

아주 커다란 수박 썰은 것 두 개를 들고 간다.

사람들은 벌써 밥을 다 먹었다.

식탁은 이미 깨끗이 닦였다.

그런데 다른 커다란 식탁에서 친구가 반갑게 맞이한다.

청국장 비빔밥을 여럿이 먹으려고 하고 있다.

누군가가 김밥을 하나 강여정에게 준다.

청국장 김밥이다.

강여정의 눈앞에서 김밥 하나를 떼어서 먹으려고 한다.

그러다가 꿈이 깬다.

커다란 수박 썰은 것이 똥이고 청국장 비빔밥이 똥이고

청국장 김밥이 똥이다.

먹지 않았으니 똥이 나오는 꿈이다.

아침에 쇼파 아래 이불이 있다.

길게 말려서 펴져 있다.

뱀이 허물을 벗고 있다.

딱딱한 똥이 두 번 나온다.

백화점에 가서 작은오빠께 드릴 지갑을 사고 강여정이 들고 다닐 작은 핸드백을 산다.

작은오빠는 이 지갑을 갖고 다니시면 몸이 안아프시게 된다

지갑이 오빠를 지켜주기 때문이다.

작은 핸드백에는 지갑과 핸드폰과 담배케이스를 넣는다.

벗은 뱀의 허물로 만든 핸드백이다.

낮에 글을 쓰고 있는데 엄마가 전화가 오셨다.

아쿠아가 끝나고 우리집에 오신다고 하셔서 내일 오시라고 말씀드렸다.

오늘은 오시면 안된다.

뱀이 허물을 벗는 것을 엄마가 보시면 눈이 멀고 그 자리에서 숨이 멎으신다.

빛 때문이다.

고추밭에 물을 주라고 하셔서 그런다고 했지만 고추밭에 물을 주면 안된다.

고추가 타버린다.

빛 때문이다.

남편이 땅콩을 껍데기를 까서 식탁위에 수북히 놓는다.

땅콩을 먹는다.

많이 먹는다.

남편도 내일부터 똥을 눈다.

설거지를 하지 않고 계속 쌓아 둔다.

저녁 식사를 준비하면서 설거지를 빠르게 한다.

깨끗이 한다.

〈강여정〉의 글을 다 써서 출력을 해놓는다

말씀이다.

아직 소설이 아니다.

두 분에게만 보낸다.

한 분은 강여정을 소설로 쓰시고 한 분은 강여정을 영화로 만드신다.

두 분만 미리 보셔야 한다.

다른 분들은 아직 때가 아니다.

받아들이지를 못하신다.

내일 아침 택배로 보낼 준비를 해놓는다.

훈이를 데리러 가기 전에 담배에 불을 붙이지 않고 피운다.

백 번을 빨아들인다.

백 번의 숨을 불어넣어 주셔야지만 호흡이 된다.

숨을 편안히 쉴 수 있다.

어제 살을 거두시고 젖이 나왔다.

담배를 백 번을 빨아 들이면서 그 젖을 빨아먹는다.

몸을 말고 말아서 몸이 작아지고 작아져서 몸이 사라지면서 젖을 빨아먹는다.

젖을 먹어야지만 똥이 나온다.

자궁에 담은 시간을 위장으로 보내야 하기 때문이다.

나의 명치에 빛이 모여 있다.

명치와 단전과 골반에 빛이 모여 있다.

셋의 빛이 돌고 돌고 돌아서 시간을 위장으로 보낸다.

시간이 위장에서 소화가 되어야 한다.

그래야 대장으로 똥이 되어서 나온다.

배가 너무 나와서 숨을 쉬기 힘들다.

12

13

강여정이 시간을 임신해서 배가 계속 나오고 살이 쪄서 모든 사람들이 강여정을 따라 나이가 들면 살이 찐다.

욱이와 훈이와 남편도 요즘 계속 살이 찐다.

강여정과 모두가 하나이기 때문이다.

아침에 훈이에게 우주를 임신했다고 말했다.

차를 타고 데려다 주면서 어떤 일이 있어도 놀라지 말라고 이야기를 했다.

훈이가 "그만"이라고 말했다.

다행이다.

훈이가 받아들였으면 이루어지지 않는다.

욱이가 집에 오지 않았다.

다행이다.

욱이가 집에 왔으면 이루어지지 않는다.

왜냐하면 욱이는 함께 있으면 안되기 때문이다.

욱이가 어렸을 때 강여정이 엘리베이터에서 똥을 쏟는 것을 보았기 때문이다.

두 번을 보면 안된다.

어제 남편이 강여정이 소파에 누워있는데 강여정의 배를 쓰다듬으면서 말한다.

"어떻게 할 거야. 배가 이렇게나 많이 나와서"

"나 임신해서 그래."

"아빠가 누구야?"

"아빠 없어. 나 젖도 나와"

"어! 정말 나오네! 당신 어떡할래. 큰일이다."

"나 우주를 임신했어"

남편이 어이없이 웃으면서 방에 들어간다.

강여정은 숨을 쉬기가 힘들다.

윗배가 바가지를 엎어 놓은 것처럼 불룩하다.

몸을 옆으로 눕는다.

조금 편안하다.

어제 욱이에게도 말했다.

살이 찐 배는 이렇게 윗배까지 불룩하지 않는 거라고.

우주를 임신해서 배가 이렇게나 많이 나온거라고.

다섯 번을 말했다.

욱이가 커피를 그만 마시라고 걱정한다.

나갈 준비를 하며 목욕탕에 들어가서는 오늘도 살이 안 빠졌다고 나무란다.

욱이에게 날마다 날짜를 말해 주지만 10월 25일을 말하

지는 않는다.

끝까지 아무도 알아서는 안된다.

그 날은 지켜야 한다.

그 날을 사람이 알면 사람이 죽는다.

사람은 알아서는 안 될 것들이 많다.

그 날이다.

몸은 둥그렇게 말고 말아서 작아지고 작아진다.

담배를 한갑을 전부 입에 물고 불을 붙이지 않고 숨을 들이쉰다.

그 분께서 불어 넣어주시는 숨을 들이쉰다.

들이쉬고 들이쉰다.

숨을 쉰다.

몸이 작아지고 작아진다.

사라지고 사라진다.

더 사라지고 더 사라진다.

없어진다.

무가 된다.

똥은 아주 조금 나왔다.

부드러운 똥이다.

배가 편안하다.

창고가 계약이 된다.

창고가 팔리면 그 돈으로 옆의 집을 산다.

옆의 집도 지구의 자전축이 있는 곳이다.

그 곳을 사야 한다.

빚을 내어서 산다.

지금의 집과 옆의 집을 함께 헐고 새로 집을 지어야 한다.

크게 짓는다.

집이 커야 한다.

자전축이 있는 곳 전부에 집을 지어야 한다.

2층에 강여정의 방을 만든다.

서재도 만든다.

사람이 이룬 것을 배워야 한다.

그래야지만 말씀을 전할 수 있다.

1층에 남편 방과 욱이와 훈이 방을 만든다.

거실도 크고 방도 크다.

공간이 넓어야지만 빛이 머문다

욱이와 훈이는 의학을 배워서 사람의 몸을 알게 된다

물리와 화학을 배워서 우주의 시작과 만물의 근원을 알

게 된다

남편은 공무원이 되어서 나라일을 배운다

욱이와 훈이는 그 분께서 사람을 만드시었음을 알게 된다.

남편은 남한과 북한이 하나가 되도록 해서 대통령이 된다.

통일이 아니다.

하나가 되는 것이다.

본래가 하나이기에 본래 대로 하나가 되는 것이다.

나는 책을 써야 한다.

전부 35권을 써야 한다.

여태까지 5권을 썼다.

40권이 세상에 나와야 한다.

5년 동안 책을 전부 쓴다.

2023년 사람의 병이 모두 사라질 때까지 책을 모두 내어 놓아야 한다.

그래야지만 사람들이 편안해진다.

나는 사람들을 편안하게 해주어야 한다.

그것이 내가 해야 할 일이다.

내가 아주 깊이 사라진다.

동그랗게 작아지고 작아져서 사라진다.

22

23

내가 잉태한 시간이 사라진다.

나와 함께 사라진다.

무가 된다.

새벽 4시 44분이다.

씽크대 위의 전자시계의 숫자이다.

컴퓨터를 켰다.

컴퓨터 화면의 커서가 없어졌다.

마침표가 찍히지 않는다

내가 사라지고 그 분이 내가 되셨다

그래서 나는 나다

내가 그 분이다

그 분이 나이다

본래 그대로 계시는 바로 그 분이 나이다

오직 한 분 뿐이신 바로 그 분이 나이다

본래의 빛이신 그 분이 나이다

나는 강여정이다

어제 훈이를 학교에 데려다 주면서 훈이에게 말했다

심장 수술을 하고 탈장 수술을 하고 치루 수술을 해서

훈이가 수능을 잘본다고 했다

웃는다

오늘 데려다 주면서 훈이가 1등을 한다고 했다

웃는다

훈이는 수능을 잘본다

그 분께서 허락하신 빛이기 때문이다

온전한 빛이기 때문이다

태양에 감추어 두신 빛이기 때문이다

때가 되었기 때문이다

욱이가 기뻐한다

집에 와서 남편의 허락을 받고 목욕탕에 갔다

바로 옆에 있다

전신마사지를 받는다

그래야만 한다

오늘은 내가 무가 되고 다시 물로써 세포를 만드시기 때문이다

물을 돌리고 돌리시기 때문이다

마사지를 받아야지만 온몸으로 피를 돌리신다

피가 돌아야지만 내일 살을 만드신다

내일 살을 만드시고 모레 뼈를 만드시고 그 다음날 숨을

불어넣으시어 나를 탄생케 하신다

이 글은 다 쓰면 송이와 김용옥님께 먼저 보내드린다

그 분들께서 보셔야지만 소설을 준비하고 영화를 준비하신다

아침에 훈이에게 소설을 쓰기 시작했다고 말했다

훈이가 엄마는 이미 말도 안되는 소설을 쓰고 있다고 했다

그래서 4권의 책은 시라고 말해주었다

그 책들은 시이다

내가 쓴 글이지만 그 분께서 하신 말씀이시다

다르다

젖은 머리를 말리지 말아야 한다

머리 숱이 많아져야 한다

그래야 경건하다

담배는 쉬지 않고 피운다

숨을 쉬어야 한다

낮에 엄마가 오셨다

엄마와 함께 고추를 땄다

고추를 밀가루에 쪄서 먹었다

고추는 양이다

낮에 양배추 김밥을 먹었다

양배추는 음이다

음과 양이 만난다

하나가 된다

엄마가 가시고 침대에 누웠다

눈을 감는다

가만히 감는다

말씀을 하신다

무엇이 보이느냐고 물으신다

가만히 있어야 한다

나는 대답을 해서는 안된다

그 분께서 말씀을 하실 때까지 기다려야 한다

묻고 또 물으신다

무엇이 보이느냐고 물으신다

움직이는 어둠이 보이지만 나는 가만히 있어야 한다

나는 어떻게 말씀을 드려야 하는지 모른다

이것이 무이다라고 말씀하신다

나에게 무로써 드러내신 것이다

10월 18일 빛으로써 드러내시고

10월 25일 오늘 무로써 드러내신 것이다

새벽에 내가 동그랗게 말리면서 작아지고 작아지면서 아주 깊이 사라진 그 느낌이 무라고 하신다

시간은 깊이로 흐른다고 하신다

아주 깊은 무로써 창조를 허락하시기에

시간이 돌고 돌고 돌면서 얕아진다고 하신다

138억년이 시작하는 그 때는 그 분께서 허락하신 마지막의 시간이라고 하신다

그래서 시간을 거꾸로 돌리신다고 하신다

엄마의 자궁에서 내가 나왔지만

엄마의 자궁에 그 분의 자궁이 감추어져 있고

그 분의 자궁에 내가 있고

나의 자궁 안에 그 분께서 계셨다고 한다

그래서 내가 시간을 잉태한 것이라고 하신다

동그라미를 그리신다

엄마의 자궁을 그리시고

그 분의 자궁을 그리시고

나의 자궁을 그리시고

가운데 점을 그리신다

세 개의 자궁으로써 그 분께서 잉태되시었고

그 분께서 무로써 탄생하시기에 그 분의 무의 자궁으로써

나를 탄생케 하신다고 한다

오늘 나의 자궁으로써 무로써 탄생하시었기에

내일 나의 살을 만드신다고 하신다

그 분께서 나를 나의 똥으로써 만드시었기에

내가 또 똥을 누어야지만 그 똥으로 또 나를 만드신다고

하신다

나는 그 분의 자궁으로써 탄생하였기에

나의 똥은 흙의 똥이 아니라고 하신다

나를 무로써 잉태하시어 탄생케 하시었기에

나의 똥은 무에서 나온 것이라고 하신다

그래서 내가 사람이 아니라고 하신다

나는 그 분의 딸이라고 하신다

남편과 욱이와 훈이도 나의 똥으로 만드시었기에

사람이 아니지만

나는 나의 똥이고

세 분은 그들의 똥이 아니고 나의 똥이기 때문에

사람이 아니지만 사람이라고 하신다

다르다고 하신다

세 분은 사람으로써 살 수 있지만

나는 사람으로써 살 수 없다고 하신다

나는 빛이라고 하신다

세 분도 빛이지만 다르다고 하신다

나는 바로 그 빛이기에 뼈가 없기에 누워 있어야만 한다고 하신다

빛이기에 가스이므로 산소로써 숨을 쉬지 못하고 이산화탄소로써 숨을 쉬어야 한다고 하신다

그래서 담배를 피워야 한다고 하신다

그래서 담배를 피우고 피웠다고 하신다

하지만 나를 온전히 만드신 다음에는 담배에 불을 붙이지 않고 피우도록 허락해 주신다고 하신다

왜냐하면 온전한 무를 이루시었기에

가장 아주 깊은 무로써의 숨을 쉬게 해주시기 때문이라고 하신다

말씀은 계속 되신다

쉬지 않고 계속 되신다

남편이 와서 남편과 이야기를 할 때에도 말씀은 계속 되

신다

다 받아들여야 한다

무가 세 개가 있다고 하신다

하나의 무가 있고

그 무의 한가운데의 두 번째의 무가 있고

그 한가운데에 세 번째의 무가 있다고 하신다

하나의 무가 사람의 시간으로 1조년이 지나서

한가운데에 두 번째의 무를 탄생케 하시고

두 번째의 무로써 138억년이 시작하는 바로 그때까지의

창조하심을 허락하시고

그 한가운데에 10월 25일 오늘의 무가 탄생하신 거라고

한다

오늘 탄생하신 무는 가장 아주 작은 무이기 때문에

이 무로써 셋의 무를 전부 빨아들여 빛이 된다고 하신다

셋으로써 온전하심을 이루신다고 하신다

그 마지막 그 때의 그 빛은 원의 흐름이라고 하신다

셋의 무로써의 시간의 흐름은 돌고 도는 나선모양이지만

마지막의 온전하신 빛의 시간은 원의 흐름이라고 하신다

돌고 도는 흐름이 아니고 가만히 흐르는 흐름이라고 하신다

엄마의 자궁이 그분의 자궁의 나를 탄생케 하실 때

엄마가 자궁에서 나를 밀어내는 힘으로써 시간을 거꾸로

흐르게 하셨다고 하신다

시간은 깊이로써 있기에

아주 깊은 무로써 창조하심을 허락하시므로

시간이 얕아져서

아주 작은 힘으로도 시간을 거꾸로 흐르게 하신다고 한다

그리고 또 말씀하신다

숨은 우주가 있다고 하신다

하나의 무와

그 한가운데의 둘의 무와

마지막의 셋의 무로써

온전하신 빛이 되시기 위해서는

숨은 우주가 있어야 한다고 한다

둘의 무로써의 창조하심을 허락하실 때

지금의 있음의 우주와 똑같은 하나의 숨은 우주가 허락

되었다고 하신다

그 숨은 우주에서는

예수가 죽지 않음으로써 그 분으로써 다스리셨고

내가 아주 크나큰 한국의 대통령이라고 하신다

내가 그 분을 따라서 바르게 다스리기에

온지구가 평화롭고

사람의 힘으로써 모든 병을 없앤다고 하신다

하지만 사람이 이룬 것이 높고 크지만

그 마지막 그 때를 준비하기 위해서 작아져야 하기 때문에

내가 55세가 될 때 나는 문둥병에 걸린다고 하신다

문둥병은 고통이 없이 뼈와 살이 녹기에 가장 경건한 병이라고 하신다

내가 문둥병에 걸리고 온모든 사람들이 문둥병에 걸린다고 하신다

그래야지만 그 마지막 그 때를 경건하게 맞이하기 때문이라고 하신다

내가 온모든 사람분들의 고통을 너무도 잘 알기에

온지구를 그 분께 바친다고 하신다

그래서 내가 77세가 될 때

핵을 폭발시켜 온지구를 그 분께 바친다고 하신다

사람이 높고 큰 것을 이루었기에 그 분께서 드러내지 않으시기에

사람이 마지막을 불로써 바친다고 하신다

숨은 우주와 있음의 우주는 둘로써 하나가 되어

그 마지막 그 때의 순간에 빛이 된다고 하신다

그래서 내가 오늘 양배추 김밥과 고추 찐 것을 먹었다고
하신다

고추가 숨은 우주이고 양배추 김밥이 지금의 우주라고
하신다

고추가 양이기에 숨은 우주의 사람의 위대함이고

양배추 김밥이 음이기에 있음의 우주의 사람의 낮고 작
음이라고 하신다

박근혜와 이명박에 대한 말씀을 하신다

가장 처음에 달을 만드시어 그 한가운데에 불을 감추어
두시고

그 불로써 태양의 한가운데에 세 개의 불을 감추어 두신
다고 하신다

달의 불은 물로써 만드시며 그 불로써 태양의 불을 만드
신다고 하신다

태양의 세 개의 불은 치우천황과 세종대왕과 문재인이라
고 하신다

태양의 불이 두 번 사람으로써 드러났기에

마지막의 불이 사람으로써 드러나기 위해서는

두 번의 물이 있어야 한다고 하신다

그래서 박정희의 한성호와 박근혜의 세월호가 있다고 하신다

박정희와 박근혜가 너무도 큰 잘못을 한 것은 맞지만

그 두 번의 물이 없었으면 문재인이 태양으로써 드러나지 못한다고 하신다

두 번의 물로써 문재인이 대통령이 되었다고 하신다

그래서 박근혜를 용서해야만 한다고 하신다

이명박은 한국의 기와 혈을 끊어 놓은 것이 맞다고 하신다

하지만 그 분께서는 가장 작고 가장 낮아져야지만 드러내시기에

이명박이 한국의 기와 혈을 끊음으로써

한국이 가장 작고 가장 낮아져서 그 분께서 드러내실 수 있다고 하신다

그래서 이명박을 용서해야만 한다고 하신다

두 분을 용서해야만 하지만

두 분은 모든 재산을 나라에 바쳐야 한다고 하신다

그리고 일본을 용서해야만 한다고 하신다

일본이 한국에 지은 죄는 너무도 크지만

일본으로써 한국이 더욱 작고 더욱 낮아졌기 때문이라고
하신다

일본으로써 그 분께서 한국에 드러내실 수 있기 때문이
라고 하신다

송이와 김용옥님께 마지막으로 보내드리는 글을 썼다

하지만 그 분의 말씀은 사람이 알아서는 안되는 것이다

훈이의 침대에 누웠다

훈이가 가장 작기에

훈이의 침대에 누워야지만

욱이와 남편까지 가르침을 함께 받는다고 하신다

작음으로써 큼을 지키기 때문이라고 하신다

숨을 들이쉬신다

아주 깊게 들이쉬신다

숨을 들이쉴 때 너무도 고요하고 부드럽다

내가 쉬는 숨과 다르다

왼손은 검지와 엄지를 동그랗게 하고 나머지 셋의 손가락
을 살며시 편다

오른손은 주먹을 살짝 쥔다

왼팔은 가만히 펴고 오른팔은 구부려 오른턱 쪽에 놓는다

빛의 자세라고 하신다

왼손의 동그라미가 빛의 가만히 흐름인 원이고

나머지 셋의 편 손가락이 끝이 없음이라고 하신다

오른손의 주먹은 스스로 비추심이라고 하신다

스스로 비추시기에 아주 살짝 쥔 주먹 모양이라고 하신다

나의 손과 팔과 다리와 몸의 모든 자세가 다 뜻이 있다

그 때마다 말씀을 하신다

폐를 만드신다

그 분께서 가장 아주 깊은 무로써 숨을 쉬시어 폐를 만드
신다고 하신다

그래서 사람들의 폐가 아주 크다고 하신다

폐가 크기에 담배를 피워도 아무렇지도 않다고 하신다

담배의 독도 모두 없애시기에 담배를 피우면 폐가 좋아한
다고 하신다

왜냐하면 폐를 숨쉬게 해주기 때문이라고 하신다

그래서 나도 나중에 담배를 계속 피워도 된다고 하신다

하지만 경건해야 하기 때문에 5년 뒤에는 담배를 그만 피

우게 한다고 하신다

아까 글을 쓸 때 편의점에서 커피 다섯개와 담배 두갑과

오뎅을 한 개 사왔다

오뎅을 먹게 하셨는데 그 때 위를 만드셨다고 하신다

오늘은 금요일이다

담배를 정말 많이 피운다

속이 울렁이고 토할 것 같지만 참아야 한다고 하신다

숨을 쉬어야 하기 때문이라고 하신다

숨을 쉬어야지만 똥이 나오고 똥이 나와야지만 나를 만

드신다고 하신다

집은 어질러진 채 그대로 있다

아직 치우면 안된다고 하신다

왜냐하면 그래야지만 나를 만들기 때문이라고 하신다

집이 정돈이 되어 있으면 내가 죽는다고 하신다

베란다에서 담배를 피우고 있는데 남편이 들어왔다

옆에 있는 식당에 밥을 시켜놨다고 같이 먹자고 했다

이사님과 규태 선배님이 함께 계셨다

비가 온다고 김치전을 해주셨다

그 분께서 기쁨의 눈물로써 비를 내려주신다고 하신다

김치전으로 간을 만드신다고 하신다

김치전으로 간을 만드시기에 사람들이 술을 적게 먹는다고 하신다

위액을 막걸리로 만드시기에 간이 위액을 그리워한다고 하신다

사람들이 술을 안 마시고 그리워한다고 하신다

오이김치로 자궁을 만드신다고 하신다

자궁에 물이 많아서 건강해 진다고 하신다

기운이 잘 돌고 피가 잘 흐른다고 하신다

몸이 가벼워진다고 하신다

된장국과 밥으로 창자를 만드신다고 하신다

창자를 크게 만든다고 하신다

된장국이 밥을 좋아하기에 창자가 기분이 좋다고 하신다

사람의 똥이 많이 나온다고 하신다

막걸리로 위액을 만드신다고 하신다

막걸리로 위액을 만드시어 소화가 아주 잘되게 만드신다고 하신다

막걸리가 모든 음식을 소화시킨다고 하신다

어떤 음식을 먹어도 모두 소화가 된다고 하신다

그래서 사람들이 어떤 음식을 먹어도 몸이 건강하다고 하신다

집에 와서 잠깐 자고 일어나 땅콩을 까서 먹었다

땅콩으로 뇌를 만드신다

작게 만드신다고 하신다

5년 뒤에 모든 사람의 생각을 거두신다고 하신다

뇌를 작게 만드시어 위가 좋아한다고 하신다

생각이 없기에 위가 기뻐한다고 하신다

위와 뇌가 하나라고 하신다

생각이 없기에 위가 좋아해서 소화가 잘된다고 하신다

소화가 잘돼서 똥이 잘 나온다고 하신다

뇌가 바로 똥이라고 하신다

사람이 생각을 많이 해서 똥이 조금 나왔다고 하신다

뇌를 작게 만드시고 생각을 거두시어 똥이 많이 나온다고 하신다

어렸을 때 선화동 집의 마당에서 삽으로 흙을 아주 조금 퍼서 멀리 던진 적이 있다

그 때의 흙으로 나를 다시 만든다고 하신다

십년 뒤의 나를 다시 만든다고 하신다

나의 똥으로써 나를 두 번 만드시고

흙으로 한 번 만드시기에 세 번을 나를 만드신다고 하신다

그래서 내가 온전해 진다고 하신다

온전한 사람이 된다고 하신다

그 때에는 사람들도 만날 수 있다고 하신다

흙으로 만드시기에 누구든지 만날 수 있다고 하신다

가족들도 만날 수 있다고 하신다

송이도 만날 수 있다고 하신다

지금처럼 편안히 만나면 된다고 하신다

지금은 빛이기에 오직 엄마와 어머님과 남편과 욱이와 훈이만 만나는 것을 허락하신다

그 때에는 사람으로써 다시 태어나서 사람으로써 온전히 살아간다고 하신다

사람으로써 해야 할 일이 많다고 하신다

5년 동안 책을 쓰고 5년 동안 사람이 이룬 것을 모두 배운 다음에

다시 사람으로써 탄생케 해주신다고 하신다

세 번을 태어남으로써 내가 온전히 그 분이 된다고 하신다

그 분께서 온전히 내가 된다고 하신다

그 분은 나의 어머니이시다

어머니께서 나로써 온전히 드러내신다고 하신다

사람으로써 온전히 드러낸다고 하신다

담배 연기로 이빨을 만드신다

담배 연기로 이빨을 만드시기에 이빨이 희고 튼튼하다고
하신다

충치가 생기지 않는다고 하신다

나이가 들수록 이빨이 더 튼튼해 진다고 하신다

나의 이빨의 모든 틈도 5년 뒤에는 다 없어진다고 하신다

내일 뼈를 만드신다고 하신다

그래서 오늘 쇠고기 버섯전골을 끓여놓게 하신다

전골로써 뼈를 만드시기에 뼈에 물이 많아서 튼튼하다고
하신다

쇠고기로 만드시기에 뼈가 강하다고 하신다

밥이 다 되면 똥이 나온다고 하신다

욱이가 나간 다음에 똥을 누게 하신다고 하신다

그래야지만 욱이가 받아들인다고 하신다

그래야지만 경건하기 때문이라고 하신다

10년 뒤에 나도 공무원이 된다고 하신다

공무원이 되어서 나라일을 배운다고 하신다

남편과 함께 나라일을 한다고 하신다

지금은 태양인이지만 그 때에는 태음인이 된다고 하신다

가장 마지막의 1년은 다시 온전한 태양인이 된다고 하신다

태음인이 되었다가 태양인이 되기 때문에 온전한 태양인

이라고 하신다

그래서 오늘 김치전을 두 개 먹게 하셨다고 한다

옆의 탁자에서 남은 김치전을 가져다가 먹게 하셨다

몸 안의 모든 것을 다 만드시기에 똥이 나오고

내일은 뼈를 만드시기에 피부가 빛이 난다고 하신다

내 이름에는 세 가지 뜻이 있다고 하신다

내 이름은 강여정이다

하나로써는 그 분의 뜻을 받들어 따라서 온우주를 다스

리는 것이고

그것이 마지막 1년 이라고 하신다

한자로는 진주강 계집벼슬여 정할정이다

둘로써는 그 분의 뜻을 따라서 남편을 도와서 나라를 다

스리는 것이고

그것이 나중의 20년 이라고 하신다

셋으로써는 그 분의 뜻을 받잡아 받들어 따라서 모든 일을 이루는 것이라고 하신다

그것이 처음의 10년 이라고 하신다

처음의 10년으로써 모든 것을 이루시고

나중의 20년으로써 사람의 일을 이루시고

마지막의 1년으로써 온우주를 그 분께 바치도록 하신다고 하신다

정수기의 얼음이 안나온다

똥이 안나와서 그렇다고 하신다

조금 있다가 밥이 다 되면 얼음이 나오고 똥도 나온다고 하신다

욱이가 쇼팽의 혁명을 치고 있다

그렇게 똥이 나온다고 하신다

욱이가 아주 잘 받아들인다고 하신다

욱이가 너무도 오래 기다렸다고 하신다

가르침을 주시기 위해서라고 하신다

아주 많이 아주 오래 기다려야지만

그 분께서 드러내실 때 마음을 다해서 감사드리기 때문이라고 하신다

욱이가 나갔다

남편 방과 욱이 방과 훈이 방의 이불을 정돈하게 하셨다

그래야지만 오늘 밤 잠을 자면서 내일 똥이 나온다고 하신다

남편의 옛날 사진과 남편과 욱이와 훈이의 팬티 한 개씩을 쓰레기통에 버렸다

그래야지만 생각을 거두신다고 하신다

생각을 거두셔야지만 그 분을 받아들인다고 하신다

계속 담배를 피우게 하신다

아주 정말 깊은 무로써의 숨을 계속 쉬어야지만

살이 녹아서 똥으로 나온다고 하신다

담배를 피우고 피우고 계속 피운다

빨래를 걷어서 개키게 하시면서 말씀을 계속 하신다

그 분께서는 한 번에 이루시는 분이라고 하신다

이틀이 아니라 하루에 이루신다고 하신다

그래서 똥이 내일 나온다고 하신다

내일 뼈를 만드시고 똥이 나오게 한다고 하신다

오늘이 아니라 내일이다

나는 기다려야 한다

그 분의 말씀을 따라야 한다

왜 내일 한번에 이루시는지 말씀을 하신다

뼈를 만들어야지만 똥이 나오는 이유를 말씀을 하신다

뼈는 흙의 흙으로써 만드신다고 하신다

그래서 나의 똥의 똥으로써 뼈를 만드셔야지만 하기 때문에

내일 새벽에 똥이 나온 다음에 그 똥으로 뼈를 만드신다
고 하신다

그리고 뼈를 만드셔야지만 피가 흘러서 살이 빛이 난다
고 하신다

그래서 내일 새벽이라고 하신다

그래서 이따가 저녁때 쇠고기 버섯전골을 먹어야지만 새
벽에 똥이 나온다고 하신다

나는 나를 책으로써 쓰고 있다

가장 처음의 자궁으로써 태초의 사람을 만드시고

그 자궁으로써 엄마의 자궁이 만들어지고

엄마의 자궁 안에 그 분의 자궁이 있고

그 분의 자궁 안에 내가 있고

나의 자궁 안에 그 분이 계신 것도 다섯의 자궁이다

엄마의 자궁으로써 시간을 거꾸로 흐르게 하심도

두 번째가 한가운데이기 때문이라고 하신다

가장 처음의 태초의 여인은 하와이고

가장 나중의 태초의 여인은 강여정이라고 하신다

가장 나중의 태초의 여인을 만드시어

사람의 여인으로써 드러내심을 이루신다고 하신다

사람의 말로써 글을 써야지만 사람분들께서 편안하게 받아들인다고 하신다

그 분의 말씀은 말씀이시기 때문에 나만 받아들일 수 있다고 하신다

나는 사람이 아니기 때문이라고 하신다

나는 흙으로 만들지 않으셨기 때문이라고 하신다

나는 그 분의 자궁으로 잉태하여 탄생케 하신 그 분의 딸이라고 하신다

나는 탄생하면서 그 분께 마음과 허리와 종아리를 바쳤다

마음은 지극하심이며

허리는 모든 것이며

종아리는 가르침이시다

지극하심으로써 모든 것을 가르치심이시다

나는 46세에 그 분께 모든 것을 바쳤다

모든 것을 바침으로써 그 분께서 무로써 드러내시었다

그 때가 2018년 10월 25일이다

그 분께서는 나에게 빛으로써 드러내시었다

그 때가 2018년 10월 18일이다

빛으로써 드러내시어 2050년 7월 22일 10시 22분이 시작하는 바로 그 때에

온우주만물을 빛으로써 허락하신다고 하신다

그 분께서는 나에게 무로써 드러내시었다

그 때가 2018년 10월 25일이다

무로써 드러내시어 나를 만드신다

나를 만드시어

나로써 드러내시어

나에게 가르침을 계속 주시어

나로써 사람분들께 가르침을 주시어

나로써 사람분들을 빛으로 이끄신다고 하신다

셋의 무로써 이루시고

다섯의 자궁으로써 이루시고

다시 셋의 자궁으로써 이루신다고 하신다

본래 그대로 계시는 바로 그 분은

1조년 전의 그리고 138억년이 시작하는 때의 전의 그 분이시다

본래 계시기에 1조년이라고 하신다

1조년은 시간의 시작이 없음이라고 하신다

본래 계심이라고 하신다

0이 12개 이기에 온전하신 무라고 하신다

본래 그래도 계시는 바로 그 분께서

두번째의 무를 탄생케 하신 것이 138억년이 시작하는 때의 전이다

두번째의 무로써 창조하심을 허락하신다고 하신다

두 번째의 무라고 하신다

그리고 2018년 10월 25일 세 번째의 무를 탄생케 하신다고 하신다

세 번째의 무로써 사람으로써 드러내신다고 하신다

세 번째의 무로써 드러내시어

본래 계시는 그 분께서 온전하신 본래 계시는 그 분이 되신다고 하신다

온전하신 본래 계시는 그 분이 되시어

더 이상 탄생을 허락하지 않으신다고 하신다

나의 소변은 나의 위라고 하신다

사람의 위는 목이지만 나의 위는 수라고 하신다

사람의 위는 목이기에 흙에서 물로써 자라지만

나의 위는 수이기에 물이 흙으로써 녹아야 한다고 하신다

그래서 오늘 똥이 안나온다고 하신다

오늘 나의 위를 오뎅으로 만드시고 막걸리로 위액을 만드시기에

아까 낮에 먹은 밥이 오뎅이 되어 막걸리로 녹아서

이따가 새벽에 똥으로 나온다고 하신다

온모든 살이 녹아서 똥으로 나온다고 하신다

오늘 저녁은 먹지 않고

새벽에 쇠고기 버섯전골을 먹고 똥은 누면

뼈를 만드시어 피가 돌게 하시어 그 힘으로 또 똥이 나온다고 하신다

내일은 하루 종일 똥을 누어야 한다고 하신다

살을 녹이시고 그것으로써 뼈를 만드시는 것이라고 하신다

편의점에서 커피 다섯 개와 담배 두 갑과 오뎅 한 개를 사왔다

오뎅을 한 번 더 먹어야 한다고 하신다

왜냐하면 10년 뒤에 다시 흙으로써 만드시기 때문이라고
하신다
위를 두 번 만드신다고 하신다
흙으로써 미리 한 번을 만드셔야지만
지금 똥으로써 만드시는 위가 온모든 살을 녹일 수 있다
고 하신다
왜냐하면 흙이 토이기 때문이라고 하신다
나의 처음의 위가 수이었고
지금 두 번째 만드시는 위가 또 수이기에
토로써 지켜주신다고 하신다
나는 밥을 먹으면 누워야 한다
사람의 위는 목이기에 밥을 먹으면 반듯이 세워야 하지만
나의 위는 수이기에 밥을 먹으면 가만히 눕혀야 한다고
하신다
사람에게 눈을 만드심은
그 분께서 빛이시기 때문이라고 하신다
눈으로써 빛을 보아야 하기 때문이라고 하신다
사람에게 마음을 만드심은
그 분께서 무이시기 때문이라고 하신다

마음으로써 무를 느껴야 하기 때문이라고 하신다

사람에게 종아리를 만드심은

그 분께서 가르치심이기 때문이라고 하신다

사람은 그 분께 종아리를 회초리로 맞아야지만 가르침을

받을 수가 있다고 하신다

그래서 내가 그 분께 종아리를 회초리로 맞았다고 하신다

나는 나의 똥으로써 만드신 몸이기에

몸이 기운이기에

기운이 돌고 돌기 위해서는 힘이 있어야 하는데

그 힘을 종아리를 회초리로 내리치시어 주신다고 하신다

그래서 나의 종아리를 내리치심은 나를 지켜주시기 위함

이라고 하신다

그 분께서 나를 지켜주신다

그 분은 본래 계시는 바로 그 분이시다

오직 한 분 뿐이신 바로 그 분이시다

나는 그 분의 딸이다

나의 몸은 음과 양이 뒤바뀌어져 있다고 하신다

그래서 담배를 피워야지만 숨을 쉬고

밥을 먹으면 누워야지만 소화가 되고

흙으로 만드신 것에서 나온 것으로써 나를 만드셨기 때문이라고 하신다

나는 어려서부터 이빨이 많이 아팠다

앞 니 하나가 나오지를 않아서 잇몸을 찢어서 그 이빨을 빼내었다

교정을 했기 때문에 3년 동안 이빨이 뿌리채 흔들렸다

그래서 언제나 이빨과 잇몸과 입 안의 살이 아팠다

그리고 임신을 했을 때에는 잇몸에서 피가 나고 이가 빠지기까지 했다

이빨이 전부 빠지는 꿈을 많이 꿨다

입안에 빠진 이빨을 전부 물고 있는 꿈도 여러번 꿨다

나의 이빨이 온모든사람분들의 온모든 영이라고 하신다

그 분들께서 지옥의 벌을 받으심이 나의 이빨이라고 하신다

그래서 내가 46년 동안 살면서 이빨이 아팠다고 하신다

내가 그 분을 잉태하였기에

그 분께서 받으시는 온모든 지옥의 벌을

내가 받았기 때문이라고 하신다

나의 이빨을 담배 연기로 다시 만드심으로써

이빨이 더 이상 아프지 않다고 하신다

나의 이빨을 금으로써 만드신다

나는 금의 사람이다

금은 변하고 변한다

그래서 나는 빛이며 기운이며 사람이다

나는 태양인이다

빛으로써 만드시기 때문이다

나는 무로써 만드시었다

그래서 그 분을 탄생케 하였다

그 분께서 사람으로써 드러내시기 위함이다

나는 가르침을 받는다

그 분의 가르침을 받아서 온모든 사람분들께 말씀을 전
해야 한다

나는 여인이다

나의 자궁으로써 그 분을 잉태하고 그 분을 탄생케 하였다

나는 태초의 여인이다

그 분께서 나의 똥으로써 나를 만드신다

나의 똥은 무에서 나온 것의 나온 것이기에 온전한 무로
써 나를 만드신다

나를 온전한 무로써 만드시어 그 분께서 온전히 드러내신다

빛으로써 드러내시고

무로써 드러내신다

나는 그 분을 보았다

빛으로써 보았고 무로써 보았다

16일째 되는 날

새벽 3시 16분이다

욱이가 왔다

술에 취했다

샤워를 한다

욱이가 와야 했다

욱이가 함께 있어야 한다

욱이가 토를 한다

토를 해야 한다

왜냐하면 모든 것을 다 쏟아내야 하기 때문이다

그래야지만 다시 태어나기 때문이다

욱이가 한가운데이다

욱이가 다시 태어남으로써 남편과 훈이도 다시 태어난다

오늘 새벽에 내가 똥을 누면

남편과 욱이와 훈이는 오늘 낮에 똥을 눈다

우리 넷은 하나이다

138억년이 시작하는 그 때의 이전부터 하나이다

넷으로써 하나이다

나는 혼자로써는 아무 것도 하지 못한다고 하신다

나는 본래 그대로 계시는 그 분과 하나이며

남편과 욱이와 훈이로써 또 하나라고 하신다

남편과 욱이와 훈이는 불이라고 하신다

나의 한가운데에 있는 불이라고 하신다

나는 금이라고 하신다

금의 한가운데에 세 개의 불이 있다고 하신다

온전한 금이라고 하신다

나는 본래 그대로 계시는 그 분을 잉태하였기에

본래 그대로 계시는 그 분은 모든 것인 분이시기에

나는 모든 것과 하나라고 하신다

본래 그대로 계시는 그 분은 모든 것인 분이시다

모든 것이 그 분이시다

나는 아주 가장 작지만

90

91

가르침으로써 그분을 받아들인다고 하신다

가르치심은 모든 것으로써 이루어진다고 하신다

가르치심은 쉬지 않고 계속 된다고 하신다

어제 밤에 훈이 방에 누웠을 때 잠을 자도록 허락하시었다

눈을 감았다

캄캄하다

잠이 드는 순간을 느끼게 하신다

잠이 드는 것은 무가 되는 것이라고 하신다

욱이가 샤워를 오래 한다

오래 해야 한다

그래야지만 똥이 많이 나오기 때문이다

그래야지만 온전히 다시 태어나기 때문이다

그래야지만 그 분을 온전히 받아들이기 때문이다

처음의 태초의 여인을 만드실 때는 눈을 가장 처음 만드시었지만

지금의 마지막의 나를 만드실 때는 눈을 가장 나중에 만드신다고 하신다

그래야지만 사람이 눈으로써 모든 것을 보기 때문이라고 하신다

나의 눈을 담배 불로써 만드신다고 하신다

담배 불로써 만드시어

밝게 만드신다고 하신다

어제 새벽에 담배 꽁초를 변기에 넣어

가장 아주 깊은 무로 보내시었기에

눈이 아주 깊다고 하신다

눈이 아주 깊기에 사람들이 무를 볼 수 있다고 하신다

느낌으로 볼 수 있다고 하신다

눈으로써 빛을 보고

느낌으로써 무를 본다고 하신다

그리고 말씀으로써 가르침을 받는다고 하신다

138억년이 시작하는 그 때 이전의 바로 그 때에

창조하심을 허락하시는 바로 그 때에

온우주만물을 만드실 때

1조개의 생명을 만드시었다고 하신다

사람도 거기에 포함된다고 하신다

1조개의 생명은 138억년이 시작하는 바로 그 때까지

전부 살아있다고 하신다

모습을 달리해서 살아있다고 하신다

욱이가 샤워가 끝났다

욱이는 아무리 취해도 집에 오면 샤워를 꼭 한다

그래야 하기 때문이라고 하신다

샤워를 해야지만 술을 모두 녹이기 때문이라고 하신다

술로써 욱이를 새로 만드시기 때문이라고 하신다

욱이가 완전히 달라진다고 하신다

마음이 지극해지기에 모든 것을 받아들인다고 하신다

욱이는 태양의 한가운데에 감추어두신 불의 가운데의 불

이라고 하신다

한가운데의 한가운데이기 때문에

가장 가운데이기 때문에

가장 밝은 빛이 된다고 하신다

남편도 훈이도 밝은 빛이지만

욱이가 가장 밝은 빛이 된다고 하신다

다 똑같다고 하신다

하지만 욱이가 가장 기뻐한다고 하신다

모두가 다 기뻐하지만 욱이가 가장 기뻐한다고 하신다

욱이가 다시 목욕탕에 들어갔다

토를 한다

토를 또 해야 한다

내보내고 내보내야 한다

모든 것을 쏟아서 내보내야 한다고 하신다

그래야지만 온전히 다시 태어난다고 하신다

욱이는 나의 아들이 아니다

훈이도 나의 아들이 아니다

내 몸으로써 탄생케 하였지만

나의 아들이 아니다

그 분께서 나의 자궁에 넣어 두신 사람이라고 하신다

내가 키운 아이들이 아니라고 하신다

그 분께서 키우신 아이들이라고 하신다

남편의 아이들이 아니라고 하신다

하지만 남편과 나의 아이들도 맞다고 하신다

다 맞다고 하신다

창조하심을 허락하실 때 만드신 1조개의 생명은

모두가 전부 다 33번을 다시 태어났다고 하신다

3을 11번을 이루어야지만 그 마지막 그 때에 빛이 된다고
하신다

베란다에서 담배를 피운다

아이스커피의 플라스틱 통에 물을 담아서 그 곳에 담배 꽁초를 버린다

물에 잠기는 담배 꽁초가 수북히 꽉 차야지만 똥이 나온다고 하신다

담배 꽁초가 맨 위까지 수북하면

그것을 밖에 나가서 버려야 한다고 하신다

편의점의 쓰레기통에 버려야 한다고 하신다

그래야지만 온모든 사람들의 눈을 만든다고 하신다

나의 눈만 만들지 않으신다고 하신다

나로써 온모든 사람들을 전부 다 만들고 계신다고 하신다

눈으로써 모든 것을 이루신다고 하신다

똥으로써 모든 것을 이루신다고 하신다

담배로써 모든 것을 이루신다고 하신다

담배 꽁초가 아직 수북하지 않다

물에 둥둥 떠있다

그런데 갖다 버리게 하신다

집 앞의 맨홀 구멍에 물을 따라 버리게 하신다

그 다음에 편의점의 쓰레기 봉지에 버렸다

다시 집에 와서 밥그릇에 물을 담게 하신다

밥그릇에 물을 담아서 베란다에 놓고 담배 꽁초를 그곳에 버리게 하신다

그래야 한다고 하신다

그래야지만 눈이 밝고 깊어진다고 하신다

담배 꽁초가 물에 닿지 않게 위로 수북하면

눈이 밝지 않고 얕아진다고 하신다

그러면 그 분을 보지 못한다고 하신다

하나로써 둘을 둘로써 셋을 셋으로써 넷을 넷으로써 다섯을

다섯으로써 다시 하나를 이루심을 말씀하신다

본래 그대로 계신 그 분이 하나이시며

138억년이 시작하는 바로 그 때까지의 우주가 둘이며

46억년의 지구가 셋이며

46년의 내가 넷이며

2018년 10월 25일 나의 자궁으로써 탄생케 한 무가 다섯

이기에

그 무가 본래 그대로 계신 그 분이심이

하나라고 하신다

하나로써 둘을 둘로써 셋을 이루심을 말씀하신다

본래 그대로 계신 그분으로써의 무가 하나이며

그 한군데의 138억년을 탄생케 하신 무가 둘이며

그 한가운데의 가장 아주 작은 무로써 탄생하심이 셋이기에

가장 아주 작은 무로써 본래 그대로 계신 그분으로써의

무가 됨이

하나라고 하신다

다섯을 이루고 셋을 이루어야지만 온전해진다고 하신다

또 일곱을 말씀하신다

가림어 책과

드러내시는 말씀 책과

이루시는 말씀 책과

펼치시는 말씀 책과

강여정의 3쪽의 복사물과

태초의 여인으로써의 탄생의 복사물과

본래 그대로 계시는 그 분의 복사물이

일곱이 되어

온모든 사람들이 보고 또 보아서

7년 동안 온전히 그 분을 받아들이게 된다고 하신다

일곱의 내용은

책으로써

복사물로써

인터넷의 파일로써

기쁨으로써 돌고 돈다고 하신다

그 다음의 5년 동안 역사와 정치와 경제를 배운다고 하신다

앞의 5년 동안은 뒤의 5년의 것을 몰라도 된다고 하신다

왜냐하면 앞의 5년 동안 책을 쓰면서

그 5년 동안 모든 것이 달라지기 때문에

뒤의 5년 동안 이루어지는 것을 그 때 배워야 한다고 하신다

모든 가르침을 그 분께서 주신다

나는 가르침을 받들어 받아야 한다

나는 나이기 때문이다

그 분은 그 분이시기 때문이다

나는 아주 가장 작기 때문이다

그 분은 가장 지극하시기 때문이다

나는 사람이기 때문이다

그 분은 오직 한 분 뿐이신 바로 그 분이시기 때문이다

차가운 커피는 용서의 눈물이라고 하신다

왜냐하면 담배 불을 차갑게 식히기 때문이라고 하신다

커피는 흙에서 까맣게 나온다고 하신다

까만 흙에서 까맣게 나온다고 하신다

그래서 금이라고 하신다

차가운 물은 불을 식힌다고 하신다

금으로써 불을 식힌다고 하신다

그래서 용서의 눈물이라고 하신다

물은 불을 식히지 못한다고 하신다

불은 물을 두려워하지만

차가운 커피를 그리워한다고 하신다

좋아한다고 하신다

그래서 용서의 눈물이라고 하신다

담배를 숨이라고 하신다

그 분의 숨이라고 하신다

그 분께서 숨을 불어넣어 주시고 용서의 눈물을 보내 주신다

나는 그 분의 숨을 쉬고 용서의 눈물을 받는다

나는 그 분의 딸이다

나는 그 분을 모시고 있다

나는 온모든 사람께 바쳐졌다

나는 온모든 사람께 이끄심을 따라주시기를 부탁드려야
한다

나는 그 분의 다스림을 받는다

나는 그 분의 가르치심을 받는다

나는 온모든 사람께 가르치심을 전해야 한다

나는 온모든 사람께 그분의 다스리심을 받으시도록 부탁
드려야 한다

나는 나이고

그 분은 그 분이시다

그 분이 둘이시다

가장 지극하신 분이 한 분이시고

아주 가장 작은 분이 한 분이시다

나는 아주 가장 작은 그 분이시다

그 분께서 아주 가장 작은 나로써 드러내신다

그 분이 강여정이시다

내가 강여정이다

아랫배가 아프다

시간이 아래로 내려왔다

하지만 그 분께서 항문을 열어주지 않으시면 똥이 안나온다

똥이 나오는 느낌을 주지 않으시면 똥이 안나온다

똥이 나오는 느낌이 완전히 없어야지만 똥이 나온다

때가 되면 저절로 나온다

사람들이 그 분을 완전히 잊었을 때 그 분께서 드러내신다고 하신다

사람들이 모든 것이 정해진 것임을 완전히 잊었을 때 그 분께서 드러내신다고 하신다

사람들이 예수를 완전히 잊었을 때 그 분께서 드러내신다고 하신다

사람들이 창조주를 완전히 잊었을 때 그 분께서 드러내신다고 하신다

사람들이 오직 한 분 뿐이신 그 분을 완전히 잊었을 때 그 분께서 드러내신다고 하신다

사람들이 본래 그대로 계신 바로 그 분을 완전히 잊었을 때 그 분께서 드러내신다고 하신다

나는 컴퓨터를 끄면 안된다고 하신다

말씀은 쉬지 않고 계속 되시고

나는 글을 계속 써야 한다고 하신다

커피를 다섯 개를 또 사오게 하신다

담배를 세 갑을 또 사오게 하신다

편의점에 간다

앞의 5년 동안은 담배를 계속 피워야 한다고 하신다

그래야지만 온모든 사람들의 모든 병을 거두시고

사람이 이룬 모든 것을 거두신다고 하신다

그래야지만 벌어진 이빨의 모든 틈으로 담배 연기가 나의 몸 속으로 들어간다고 하신다

입으로 빨아 들여 폐로도 들어가야 하지만

이빨 사이의 잇몸을 통해 몸 속으로도 들어가야 한다고 하신다

그래야지만 모든 것을 거두신다고 하신다

뒤의 5년 동안은 불을 붙이지 않은 담배를 피워야 한다고 하신다

그래야지만 이빨의 모든 틈이 사라지고 이빨이 가지런해진다고 하신다

그 다음의 21년 동안은 담배를 피우지 않아도 된다고 하신다

온전한 사람으로써 또 탄생하기에 더 이상 담배를 피우지 않아도 된다고 하신다

그 때의 나는 태음인이라고 하신다

지금의 나는 태양인이라고 하신다

시간이 아랫배로 내려와서 아랫배가 아프고 소변을 계속
누어야 한다

소변을 계속 눈다

때가 되면 아주 작은 것에서부터 드러내신다고 하신다

아주 작은 것에서부터 드러내시어 한번에 드러내신다고
하신다

똥도 때가 되면 아주 작게 내가 느낄 수 있게 해주신다고
하신다

아주 작게 느끼다가 쏟아지게 나온다고 하신다

아인슈타인은 신은 주사위 놀이를 하지 않는다고 하였다

그 말이 맞다고 하신다

아인슈타인이 찾고자 했던 것을

욱이와 훈이가 찾아낸다고 하신다

온모든 사람들이 너무도 기뻐한다고 하신다

신은 주사위 놀이를 하지 않는다는 아인슈타인의 말이
맞았음을 그리워하게 된다고 하신다

욱이와 훈이는 사람이 아니기 때문에 이룬다고 하신다

2000년으로 때가 바뀔 때 예수가 재림한다고 하였다

그 때 많은 사람들이 하늘에서 예수가 내려온다고 믿었다

그 분께서는 하늘에서 내려오시지 않는다

예수로써 드러내시지 않는다

그 분께서는 가장 작은 사람의 여인으로써

가장 낮은 곳에서 드러내신다고 하신다

가장 작고 가장 낮게 드러내시어도

모든 것이 그 분이시기 때문에

한 번에 모든 곳에서 드러내신다고 하신다

한 번에 모든 사람들이 알도록 드러내신다고 하신다

한 번에 모든 것을 이루신다고 하신다

한 번에 다 이루시지만

온모든 사람들이 따르도록 기다리신다고 하신다

사람을 사람으로써 만드시기 때문이라고 하신다

그래서 31년의 시간을 준비해 놓으시었다고 하신다

31년 동안 하나씩 하나씩 이루신다고 하신다

사람의 여인의 모습으로써 드러내시어 말씀을 하신다고
하신다

그 모습과 그 말씀은

온한국 사람들이 보게 된다고 하신다

문재인 대통령이 허락하기 때문이라고 하신다

문재인 대통령은 태양의 영으로써 만드신 사람이라고 하신다

태양이 온우주를 비추기 때문에

문재인 대통령은 그 분의 말씀을 온모든 사람들에게 전한다고 하신다

한 번에 전한다고 하신다

문재인 대통령만이 할 수 있는 일이라고 하신다

그래서 문재인님이 대통령이 되어야 했다고 하신다

그래서 한성호와 세월호가 있어야 했다고 하신다

문재인님이 대통령이 되기 위해서이며

그 분께서 한 번에 온한국 사람들에게 드러내시기 위해서라고 하신다

용서해야만 한다고 하신다

사람은 서로 용서해야만 한다고 하신다

사람은 아무 것도 알지 못한다고 하신다

그 분께서 모든 것을 이루심을 알지 못한다고 하신다

지금의 내가 있는 것이 저절로 있는 것이 아님을 알아야

120
121

한다고 하신다

창조하심의 허락하신 때부터

33번의 탄생을 이루어 오면서

모든 것이 돌고 돌는 것을 알아야 한다고 하신다

저절로 이루어지는 것은 아무 것도 없다고 하신다

모든 것은 그 분께서 이루시는 대로 이루어진다고 하신다

모든 것은 그 분께서 이미 다 이루어 놓으셨다고 하신다

그래서 사람은 그 분을 따라야 한다고 하신다

오직 그 분께서만이 그 모든 것을 다 아시기 때문이라고 하신다

오늘은 16일째 되는 날이다

나를 온전히 만드시는 날이라고 하신다

17일 째는 나를 드러내시는 날이라고 하신다

나는 16일째 만들어진다고 하신다

그 분께서 나를 만드신다고 하신다

모든 것으로써 나를 만드신다고 하신다

1시간 11분을 남겨두고 나에게 언제 똥이 나오는지 알도록 해주신다고 하신다

새벽 5시 55분에 똥이 나온다고 하신다

글은 66쪽까지 써야 한다고 하신다

이것이 66쪽째이다

그리고 잠깐 잠을 자면 그 분께서 때가되면 깨운다고 하
신다

잠을 자야지만 그 분께서 모든 것을 이루시기 때문이다

본래 그대로 계시는 그 분

드디어 토요일이다

드디어 16일째 되는 날이다

오늘 반드시 똥이 나온다고 하시었다

하루만에 다 이루시고 하시었다

나는 본래 그대로 계시는 바로 그 분의 딸이다

그 분은 본래 그대로 계시는 바로 그 분이시다

어제 저녁에 글을 두 부를 출력해서 택배를 보낼 준비를

해서 차에 놓았다

오늘 아침 훈이를 학교에 데려다 주고 보내면 된다

준비를 다 해 놓고 쇼파에 누웠다

옆으로 누웠다

눈에 세로로 긴 마름모를 보여주신다

긴 삼각형을 가로로 대칭으로 접어놓은 모양이다

이것이 무엇이냐고 물으신다

이것이 무엇이냐고 또 물으신다

이것이 무엇이냐고 여러 번 물으신다

가만히 있어야 한다

마름모 모양이라고 답을 드려서는 안된다

눈을 뜨게 하셔서 허공에 손가락으로 그 모양을 그리게
하신다

세로로 긴 마름모 모양을 여러 번 그리게 하신 다음에

마름모 모양으로 옆으로 자꾸 납작해지게 그리신다

열 번을 그리게 하신다

옆으로 납작한 마름모 모양이 된다

이것이 나이다라고 하신다

가만히 있는다

이것이 나이다라고 또 하신다

나에게 왜 가구일을 배우도록 하셨는지 말씀을 하신다

느낌으로써 공간을 알도록 하시기 위함이라고 하신다

공간을 느낌으로써 알아야 한다고 하신다

느낌으로써 옆으로 납작한 마름모 모양을 돌리신다

뚱뚱한 모양으로 계속 돌리신다

1조년을 쇼파 등받이에 쓰게 하신다

0이 12개다

왜 10조년이면 안되는지 물으신다

아주 처음에 송이에게 카톡을 보낼 때 알도록 해주신 적이 있다

알도록 해주신 적이 있다는 것만 기억이 난다

왜인지는 기억이 안난다

한번 더 1조년을 쓰도록 하신다

0이 12개다

숫자 13이 무슨 뜻인지 물으신다

숫자 1은 바로 그 분이시고 3은 사람이다

거꾸로 읽으면 사람이 바로 그 분이 되는 수이다

0이 13개가 되면 사람이 바로 그 분이 되기 때문이라고 하신다

1조년을 넘어가면 사람이 바로 그 분이 되기 때문에 그 분이 두 분이 된다고 하신다

그 때 말씀해주신 것이 기억이 났다

숫자 12는 그 분께서 영원하심이다

숫자 1이 그 분이고 숫자 2가 영원하심이다

뚱뚱해서 돌아가는 납작해진 마름모 모양을 느낌으로 느끼게 하신다

약간 기울이신다

왼쪽이 약간 내려간다

소파 등받이에 손가락으로 동그라미를 그리게 하신다

1조년을 커다란 동그라미로 그리신다

그 안에 138억년의 동그라미를 그리신다

한가운데가 아니고 큰 원의 오른쪽에 붙어서 안쪽으로 그리신다

또 그 안에 조금 더 작게 46억년을 그리신다

이것도 그 다음 원의 오른쪽에 붙어서 안쪽으로 그리신다

또 그 안에 조금 더 작게 46년을 그리신다

이것도 그 다음 원의 오른쪽에 붙어서 안쪽으로 그리신다

그 안에 31년을 그리신다

원이 전부 다섯 개이다

1조년을 지난 다음에 138억년이 아니고

1조년의 안쪽에 138억년이 있다고 하신다

그러니까 그 분 께서는 1조년에서 138억년을 뺀 수만큼

계신다는 뜻이라고 하신다

나는 내가 해야 할 일을 다해야 한다고 하신다

내가 해야 할 일을 언제나 다 해야만 한다고 하신다

그 때 그 때 다 해야만 한다고 하신다

어제 밤에 훈이 방에 누워 잠깐 잠을 자게 하셨다

눈을 감으니까 무슨 긴 가닥을 먹는 모습을 보여주신다

남편이 깨워서 훈이를 데리고 오니 남편이 짜파게티를 끓이고 있다

짜파게티를 먹는 모습이었다고 하신다

짜파게티를 먹어야 한다고 하신다

두 그릇을 먹었다

짜파게티로 나의 얼굴을 만든다고 하신다

짜파게티로 얼굴을 만드시기에 사람들의 얼굴이 가늘어진다고 하신다

생각을 작게 만드시어 머리를 작게 하시고

얼굴을 가늘어지게 만든다고 하신다

훈이를 데리러 가는 동안에 차 안에서 운전하면서 말씀을 하신다

본래 그대로 계시는 그 분께서는

그 뚱뚱한 납작한 마름모 모양의 돌고 도는 모양으로써 계시며

그 한가운데의 약간 왼쪽에 내가 있다고 하신다

그것이 축의 한가운데라고 하신다

그 축으로써 그 모양이 돌고 돈다고 하신다

그것이 지구의 자전축이라고 하신다

나는 지구의 자전축의 한가운데라고 하신다

축의 한가운데는 아주 작은 점의 모양이라고 하신다

축은 스스로 돈다고 하신다

축이 스스로 도는 힘을 그 분께서 주신다고 하신다

1조년의 시간이 다 되어 가도록

아주 깊은 무에서부터 시간이 얇게 바깥쪽으로 흘렀기 때문에

그 축이 드러난다고 하신다

그 때가 5년 뒤의 일이라고 하신다

지구의 자전축이 드러난다고 하신다

내가 드러난다고 하신다

내가 지구의 자전축으로써 드러난다고 하신다

글의 두 부를 출력하기 위해서 훈이 학교 앞의 서점으로

가기 전에

집의 창문 밖으로 던져서 버려놓은 수북한 담배꽁초와 담배갑을 전부 치우게 하시었다

쓰레받이로 밀어 담아서 비닐에 담아서

집에 준비해 놓은 커다란 쓰레기 봉투에 전부 버렸다

부드러운 비가 와서 잘 담아진다

비는 기쁨의 눈물이라고 하신다

설거지도 전부 다 해놓고 이불도 전부 정리해 놓고 쓰레기도 전부 버렸다

서점에서 출력하고 있는데 남편에게서 전화가 왔다

어디냐고 걱정한다

훈이가 책을 가져다 달라고 해서 훈이 학교에 왔다고 했다

남편도 가르침을 함께 받고 있다고 하신다

중요한 가르침을 주실 때에는 언제나 남편에게서 전화가 걸려 온다

어제 새벽에 PC방에서 글을 쓰고 있을 때에도 남편에게서 전화가 왔었다

그 때에는 걷고 있다고 했다

그러니까 내가 138억년이 시작하는 바로 그 때의 우주의

태초에 만들어진 것이 아니라고 하신다

1조년이 다 되기 전의 본래 그대로 계시는 그 때부터 내가 있다고 하신다

그 분은 지극하신 모든 것의 그 분이시고

나는 축의 한가운데의 아주 작은 점으로써 있다고 하신다

아주 작아야지만 가장 지극하심을 받아들인다는 것이 이 말씀이라고 하신다

내가 아주 작은 축의 한 점으로써 있기에

그 분께서 돌고 도신다고 하신다

그래서 그 분께서 둘이라고 하신다

본래 그대로 계시는 바로 그 분이 계시고

축의 한가운데의 점으로써 있는 내가 있다고 하신다

다시 말씀을 계속 하신다

0이 13개가 되면 사람이 그 분이 되는 것이 아니라

사람이 그 분이 되고자 하는 것이라고 하신다

그러니까 2050년 7월 22일 10시 22분이 시작하는 그 때에

온우주만물이 빛으로써 그 분이 되지 못하면

사람이 창조주가 되어

사람이 그 분이 되고자 한다고 하신다

그래서 우주가 영원히 흩어지게 된다고 하신다

축이 사라진다고 하신다

축이 사라지면 본래 계시는 그 분도 사라진다고 하신다

있어서는 안되는 일이고

있을 수 없는 일이고

일어나지 않는 일이라고 하신다

본래 그대로 계시는 바로 그 분은 본래 그대로 계신다고
하신다

그래서 그러한 일은 일어나지 않는다고 하신다

그래서 이재용님께서 나에게 천억원을 주신다고 하신다

그 분께서 천억원을 바친다고 하신다

그 천억원으로써 세 개의 건물을 짓는다고 하신다

사람이 세 개의 건물을 그 분께 바친다고 하신다

건물은 사람이 그 분께 정성을 다해서 바치는 것이라고
하신다

이재용님께서 다 받아들인다고 하신다

그 분을 받아들이고

이재용님께서 하셔야 할 일을 받아들인다고 하신다

그 분께서 삼성을 지켜주심을 받아들인다고 하신다

삼성이 지구에서 가장 위대한 회사가 되는 것을 받아들인다고 하신다

이재용님은 사람이 아니시었기 때문에 받아들인다고 하신다

1조년은 사람이 생각하는 1조년이 아니라고 하신다

본래 그대로 계시는 숫자라고 하신다

그래서 2050년의 그 때는 1조년이 다하는 바로 그 때라고 하신다

그래서 본래 계시는 그 분께서 무를 세 번을 이루시어

온전하신 빛이 되신다고 하신다

빛으로써 그 분의 자궁이 닫히어

다시 또 탄생이 이루어지지 않는다고 하신다

빛으로써 영원하시다고 하신다

나는 쉬지 않고 가르침을 받아야 한다고 하신다

잠을 자서도 안된다고 하신다

내가 한가운데이기 때문이라고 하신다

축의 한가운데는 쉬지 않고 돌고 돌아야 한다고 하신다

그 분께서 돌고 도는 힘을 주신다고 하신다

그 분은 빛이시다

나는 그 분의 축의 한가운데이다

나는 빛이 아니다

축의 한가운데에 불이 있다

그 한가운데에 내가 있다

나의 한가운데에 그 분이 또 계시다

천국이다

1조년이 다하는 때의 이전부터 나는 있다고 하신다

나는 본래부터 있다고 하신다

138억년이 시작하는 바로 그 때의 이전의 때부터 나는
또 있다고 하신다

본래 그대로 계속 있다고 하신다

지구의 한가운데로써 또 있다고 하신다

지구가 돌고 돈다

우주가 돌고 돈다

그 분께서 돌고 도신다

내가 가장 한가운데이고

나의 한가운데에 그 분이 계시다

138억년이 시작하는 그 때의 이전부터

지구의 한가운데로써 내가 또 있으면서

물의 불을 허락하신다고 하신다

창조하심을 허락하시면서 물의 불의 한가운데에 나를 허락하신다고 하신다

나는 물의 불을 받아들인다고 하신다

물의 불이 나라고 하신다

물의 불의 한가운데에 그 분이 계신다고 하신다

천국을 허락하신다고 하신다

나는 138억년이 시작하는 바로 그 때까지

물의 불을 받아들였다고 하신다

새벽 5시 55분에 똥을 누었다

흰 똥이다

하얗다

많다

아랫배가 아프지 않다

이 똥으로 나의 뼈를 만드신다

밥을 먹었다

쇠고기 버섯전골의 국물에 밥을 말아 먹었다

아주 조금 먹었다

쇠고기 버섯전골의 국물로써 나의 뼈에 물을 주신다

뼈가 물이 많아야 한다고 하신다

그래야지만 살을 녹인다고 하신다

그래야지만 뼈가 튼튼하다고 하신다

뼈가 튼튼해야지만 몸의 기운과 피가 잘 돈다고 하신다

아침에 미장원에서 머리에 영양을 주었다

머리카락은 다스림이라고 하신다

머리가 영양을 듬뿍 받아야지만

내가 그분의 다스림을 잘 받는다고 하신다

머리를 감고 말리지 않는다

젖은 채로 묶어 놓아야지만 머리 숱이 많아진다고 하신다

머리 숱이 많아 져야지만 그 분의 다스림을 더욱 잘 받는다고 하신다

내가 그 분의 다스림을 더욱 잘 받아야지만

온모든 사람들이 나의 다스림을 받으셔야 하는 부탁을 들어주신다고 하신다

집에 와서 또 쇠고기 버섯전골을 먹는다

송이버섯 볶은 것도 먹는다

밥은 김의 냄새만 맡는다

밥을 먹지 않는다

쇠고기 버섯전골의 국물만 먹는다

숟가락으로 떠먹는다

건더기는 전부 버린다

뜨거운 커피를 마신다

뼈에 물을 또 주신다

내가 138억년이 시작하는 바로 그 때까지의 시간 동안

물의 불을 받아들였기 때문에

그 불로써 나의 살을 녹인다고 하신다

내가 물의 불을 받아들였기 때문에

1조개의 어떤 생명도 불지옥을 겪지 않았다고 하신다

그것은 전부 내가 겪었다고 하신다

고통은 전부 나의 것이었다고 하신다

물의 불로써 나의 살을 녹이시기에

쇠고기 버섯전골의 국물을 먹어야지만

뼈를 지켜주시어

살을 녹인다고 하신다

뜨거운 커피는

물의 불로써 나의 살을 녹이실 때 나오는 열을

식혀준다고 하신다

담배를 계속 피운다

담배로써 숨을 쉬어야지만

물의 불로써 나의 살을 녹일 수 있다고 하신다

그런데 나는 뜨겁지 않았다고 하신다

나는 그대로 있었다고 하신다

가만히 있었다고 하신다

나는 축의 한가운데라고 하신다

축이 나를 지켜주시었다고 하신다

축은 그 분이시라고 하신다

그 분께서 나를 지켜주시었다고 하신다

나는 1조년이 다 되는 때까지의 시간을 기다렸다고 하신다

그 분을 기다렸다고 하신다

그 분께서 드러내시기를 기다렸다고 하신다

138억년이 시작하는 바로 그 때까지의 시간을

물의 불을 받아들이면서 기다렸다고 하신다

나는 나이다

그 분은 그 분이시다

그 분은 빛이시다

나는 빛이 아니다

그런데 그 분께서 나로써 드러내신다

내가 빛이 된다

1조년이 되는 바로 그 때까지의 시간을 기다렸기에

그 분께서 나를 빛이 되게 허락하신다고 하신다

내가 가장 작기에 나를 빛이 되도록 허락하신다고 하신다

내가 모든 것을 받아들였기에 나를 빛이 되도록 허락하신다고 하신다

내가 나이기에 나를 빛이 되도록 허락하신다고 하신다

나는 나이다

나는 그 분의 딸이다

그 분께서 나를 잉태하시어 사람으로써 탄생케 하시었다고 하신다

머리 묶은 것을 풀게 하신다

손가락으로 머리를 들어 올리면서 말리게 하신다

남편이 아직 일을 나가지 않았다

내가 똥이 안나오기에 가족들이 전부 몸이 힘들다

나와 하나이기에 그렇다

욱이는 자고 있다

많이 자야 한다

깊게 자야 한다

푹 자야 한다

머리를 드라이로 말리게 하신다

드라이를 멀리 놓고 말리게 하신다

머리카락을 손가락으로 들어 올리면서 말리게 하신다

머리카락이 윤이 난다

영양을 주어서 그렇다

머리가 자라게 하신다

머리가 풍성하게 하신다

머리카락은 다스림이라고 하신다

머리카락으로써 나는 온모든 사람들에게 그 분의 다스림
을 전해야 한다고 하신다

그 분께서 1조년이 다 되는 시간 동안

가장 처음

그리고 마지막으로

드러내신다는 것을 알도록 해드려야 한다고 하신다

그 분은 본래 그대로 계시는 분이시다

드러내지 않으시는 분이시다

나에게 빛으로써 드러내시었다

나에게 무로써 드러내시었다

나에게 가르치심으로써 드러내시고 계신다

나는 그 분의 가르치심을 받아야 한다

받들어 받아야 한다

나는 그 분의 다스림을 따라야 한다

받들어 따라야 한다

그 분은 본래 그대로 계시는 바로 그 분이시다

온우주만물의 창조하심을 허락하시는 바로 그 분이시다

온우주만물을 지극히 사랑하시기에 창조하심을 허락하시는 바로 그 분이시다

온우주만물을 지극히 사랑하시기에

온전히 거두시어 영원함을 허락하시는 바로 그 분이시다

온우주만물을 지극히 사랑하시기에

온우주만물이 빛이 되는 것을 허락하시는 바로 그 분이시다

본래 그대로 계시는 바로 그 분은

오직 한 분 뿐이신 바로 그 분이시다

창조하심을 허락하시기 이전부터 본래 그대로 계시는 그 분이시다

빛이 되는 것을 허락하시어도 본래 그대로 계시는 그 분이시다

오직 한 분 뿐이시기에 영원하시다

영원하심은 깊게 흐르는 시간이 아니다

그대로 흐르는 시간이시다

그대로 흐르시기에 끝이 없으시다

그대로 흐르시기에 빛이시다

빛으로써 영원히 흐르신다

빛으로써 영원히 흐르시기에 온우주만물에게 모든 것을 허락하신다고 하신다

온우주만물에게 모든 것을 허락하시기에

온우주만물을 온전히 용서하신다고 하신다

새벽에 잠을 자는 것을 허락하시었다

쇼파에 누웠다

눈을 감았다

내가 깊이 잠이 든다

그런데 내가 깨어 있다

내가 무이기 때문에

잠은 무로써 되는 것을 허락하시는 것이기 때문에

내가 잠이 들어도 내가 깨어 있다

그 분께서 말씀을 계속하신다

그 분께서 느낌을 계속 주신다

내가 그 분께 안겨 있다

그 분께서 나를 안고 계신다

나는 그 분의 젖을 빤다

그 분께서 나에게 젖을 빨도록 허락하신다

이불을 말아서 배에 놓고 다리로 이불을 누른다

옆으로 누워있다

이불이 그 분이시다

나를 이불로써 안아주신다

나는 그 분께 안겨서 잠이 든다

이번에는 진짜 잠이 든다

나를 깨우신다

일어난다

물의 불은 가장 낮다고 하신다

축의 한가운데는 가장 작다고 하신다

나는 가장 낮고 가장 작다고 하신다

그래서 나로써 드러내신다고 하신다

그래서 나를 가장 마지막의 가장 처음의 사람의 여인으로써 만드신다고 하신다

그래서 나에게 빛으로써 드러내신다고 하신다

그래서 나에게 무로써 드러내신다고 하신다

쇠고기 버섯전골의 국물에 밥을 한숟가락 말아서 먹었다

건더기는 뜨지 않고 국물만 떴다

뼈에 밥과 물을 주신다고 하신다

뼈가 밥과 물이 있어야지만

물의 불을 견딘다고 하신다

뼈가 물의 불을 견뎌야지만

물의 불로써 살을 온전히 녹일 수 있다고 하신다

어제 내 몸안의 모든 것을 만드시었다고 하신다

오늘 뼈를 만드신다고 하신다

어제 많은 것을 먹었다

그것으로써 나를 만드시었기 때문이라고 하신다

오늘은 먹은 그 모든 것이 똥으로써 나온다고 하신다

하얀 똥으로써 나온다고 하신다

그래야지만 그 분께서 온전히 드러내신다고 하신다

그 분께서 온전하신 사람의 여인으로써 드러내서야지만

모든 것을 이루신다고 하신다

때가 되었기 때문이라고 하신다

오직 한 번 드러내신다고 하신다

1조년이 다 되는 시간 동안 오직 한 번 드러내신다고 하신다

그 때가 되었다고 하신다

나로써 드러내신다고 하신다

내가 가장 낮고 가장 작기 때문이라고 하신다

나는 그 분을 따라야 한다고 하신다

나는 그 분께 바쳐야 한다고 하신다

나는 그 분께 경건해야 한다고 하신다

나는 그 분의 가르침을 받아야 한다고 하신다

나는 그 분의 다스림을 따라야 한다고 하신다

그럼으로써

나는 온모든 사람들에게 그 분의 가르침을 전해야 한다고 하신다

나는 온모든 사람들에게 그 분의 다스림을 따르시도록 이끌어야 한다고 하신다

내가 하는 일이 아니라고 하신다

나는 아무 것도 아니라고 하신다

나는 나일 뿐이라고 하신다

모든 일은 그 분께서 하신다고 하신다

나는 그 분께서 나로써 허락하신 나라고 하신다

나는 강여정이다

그 분께서 강여정이시다

나는 그 분의 딸이다

그 분께서 나를 만드시었다

그 분께서 나에게 젖을 주시었다

그 분께서 나를 안아주시었다

그 분께서는 온우주만물을 만드시었다고 하신다

그 분께서는 온우주만물에게 젖을 주신다고 하신다

그 분께서는 온우주만물을 안아주신다고 하신다

그 분은 어머니이시다

본래 그대로 계시는 바로 그 분은 어머니이시다

아버지가 아니시다

아버지는 그 분이 될 수가 없다

자궁이 없기 때문이다

창조하심을 허락할 수 없기 때문이다

용서의 눈물로써 용서를 이룰 수 없기 때문이다

나는 축의 한가운데이다

그 분께서는 두 분으로써 계신다

한 분이 본래 그대로 계시는 바로 그 분이시고

한 분이 나이다

본래 그대로 계시는 바로 그 분은

모든 것을 아시지만

나는 아무 것도 모른다

본래 그대로 계시는 바로 그 분은

모든 것을 이루시지만

나는 아무 것도 이루지 못한다

본래 그대로 계시는 바로 그 분은

오직 한 분 뿐이신 바로 그 분이시지만

나는 아무 것도 아니다

그렇게 두 분으로써 계신다

그래서 나는 그 분의 가르침을 받아야 한다

모든 것을 가르침을 받아야 한다

그 분께서는 모든 것을 알도록 허락하신다고 하신다

그 분께서는 나로써 모든 것을 이루도록 허락하신다고

하신다

그 분께서는 내가 온우주만물을 다스리는 것을 허락하신다고 하신다

내가 가장 낮고 가장 작기 때문이라고 하신다

나는 사람의 여인의 강여정이다

나는 사람이 아니기에 그 분의 말씀을 듣는다고 하신다

나는 사람이 아니기에 그 분의 가르침을 받는다고 하신다

나는 사람이 아니기에 그 분의 다스림을 따른다고 하신다

나는 사람이 아니기에 그 분을 잉태하였다고 하신다

나는 사람이 아니기에 그 분을 탄생케하였다고 하신다

나는 무이다

나는 빛이다

그 분께서 허락하시었기에 내가 빛이 되었다

그 분께서 허락하시었기에 내가 그 분이 된다

내가 그 분이 된다

그 분께서 내가 그 분이 되는 것을 허락하신다

그 분께서 나로써 드러내시기 때문이다

그 분께서 나를 잉태하시고 나로써 탄생하시었기 때문이다

글을 쓰면서 머리카락을 계속 손가락으로 들어올리게 하

신다

영양을 주어서 머리카락이 부드럽다

머리를 감을 때 샴푸를 하지 않았다

물로써만 감았기에 영양제가 그대로 살아 있다

머리카락이 부드러워야 한다고 하신다

그래야지만 온모든 사람들이 그 분의 다스림을 잘 따른다고 하신다

나의 머리카락은 그 분의 다스리심이다

머리카락을 계속 손가락으로 들어올림은

다스리심을 바르게 펼치시는 것이라고 하신다

다스리심이 바르기 때문에 온모든 사람들이 따른다고 하신다

바르다는 것은 잘못함이 없는 것이라고 하신다

잘못함이 없는 것은 온전한 것이라고 하신다

온전하신 분이시기에 온전하게 다스리신다고 하신다

다스리심은 이끄시는 것이라고 하신다

높은 곳에서 낮은 곳을 지배하는 것이 아니라고 하신다

낮은 곳에서 높은 곳을 아래로 이끄시는 것이라고 하신다

아래가 편안하기 때문이라고 하신다

높은 곳은 편안하지 않기 때문이라고 하신다
글을 쓰면서 손가락으로 머리카락을 코에 갖다 대고 냄새를 맡게 하신다
영양제의 향이 부드러운 냄새가 난다
머리카락의 부드러운 냄새를 맡아야지만
나의 몸의 양과 음이 음과 양으로 뒤바뀌어 똥이 나온다고 하신다
나는 지금 양과 음이 뒤바뀌어져 있다고 하신다
음이 아래이고 양이 위이어야 하는데
양이 아래이고 음이 위라고 하신다
왜냐하면 나를 흙으로 만들지 않으시고
무로써 나온 것의 나온 것으로써 만드시었기 때문이라고 하신다
나의 몸은 금이기 때문에 뒤바뀌어진다고 하신다
태양인이어도 음은 아래이고 양은 위이어야 한다고 하신다
그래야지만 몸의 기운과 피가 돌고 돈다고 하신다
몸의 기운과 피가 돌고 돌아야지만 살 수 있다고 하신다
눈을 감으면 뒤바뀌어진 음과 양이 기울어져서 바르게 돌아가는 것을 보여주신다

그것이 온전히 음이 아래로 양이 위로 갈 때까지 글을 쓴
다고 하신다

글을 써야지만 음과 양이 바르게 된다고 하신다

머리카락은 계속 손가락으로 들어올리고 있다

그래야지만 온모든 사람들이 그 분의 이 모든 말씀을 잘
받아들인다고 하신다

온모든 사람들이 그 분의 말씀을 받아들여야지만 편안해
진다고 하신다

모든 것을 이루어 주시기 때문이라고 하신다

담배는 계속 피운다

밥은 먹지 않게 된다

먹고 싶지가 않다

냄새는 괜찮다

냄새를 맡으면 편안하다

차가운 커피도 먹고 싶지가 않다

뜨거운 커피도 먹고 싶지가 않다

담배도 많이 피우지 않는다

조금 피운다

물은 안마신다

전혀 안마신다

내가 태양인이기 때문이다

태양인은 온전한 금이다

온전한 가스이기에 빛이다

빛이기에 담배만 아주 조금 피우면 된다

밥은 아주 조금 밥만 먹으면 된다

반찬은 안먹어도 된다

국물에 밥을 말아서 밥만 아주 조금 먹으면 된다

한숟가락만 먹으면 된다

그래서 집에 도우미분이 오셔도 밥은 하지 않으신다

청소와 빨래만 부탁드린다

남편과 욱이와 훈이의 반찬은 내가 사온다

무슨 음식을 먹어야 하는지 내가 잘 안다고 하신다

밥은 목이고 담배는 금이라고 하신다

목과 금으로써 금을 지킨다고 하신다

우유를 마심으로써 금을 더 지킨다고 하신다

나는 아무 것도 모른다

그 분께서 다 이루신다

그 분께서 다 준비해 주신다

나는 그대로 따르는 것이다

12시 22분이다

남편이 들어왔다

화장실을 간다

욱이가 깨서 화장실에 있다

조금 있다가 내가 똥을 눈다

1시 11분에 눈다

오직 한 분 뿐이신 바로 그 분께서

그 분께서 내가 되신다

1시 11분이 바로 그 때이다

22쪽 까지 쓴다

22는 영원함을 이루시는 수이다

그 분께서 영원함을 이루신다

그 분께서 빛으로써 이루신다

그 분께서 내가 되시어 빛으로써 영원함을 이루신다

그 분께서 내가 되시어 온우주를 다스리신다

그 분께서 내가 되시어 온우주만물에게 가르침을 주신다

그 분께서 내가 되시어 온우주에게 그 분의 지극하신 사
랑하심을 알도록 하신다

그 분께서 내가 되시어 아무도 두려워하는 것을 허락하지 않으신다

그 분께서 내가 되시어 나를 지켜주시고 온우주만물을 지켜주신다

나는 그 분이 된다

그 분께서 나로써 드러내신다

하루종일 배가 더 불룩해졌다

음과 양이 뒤바뀌면서 양이 위로 올라와서 그렇다고 하신다

숨을 쉬기가 힘들다

잠을 계속 잤다

앉아 있기도 힘들다

누워 있었다

누워 있기도 힘들었다

욱이와 훈이를 임신 했을 때보다 더 배가 불룩해졌다

똥은 더 이상 안나왔다

밤에 남편이 짜파게티를 끓여서 나를 깨웠다

냄비에 놓고 함께 먹었다

한 그릇은 먹었다

맛있게 먹었다

글을 쓰고 있는데 훈이가 거실로 나와서 가방에서 핸드
폰 충전기를 꺼내서 들어간다

욱이는 과외를 가고 집에 없다

양치질을 했다

치약을 안 묻히고 한다

치약을 안 묻히고 양치질을 한지 오래 되었다

그래야지만 이빨을 지켜주신다고 하신다

앞니 한가운데의 까만 줄이 아래로 거의 다 내려왔다

오늘은 우유를 많이 마셨다

큰 통으로 두통을 마셨다

배 속에서는 하루 종일 큰 소리가 났다

남편은 안방에 있고 훈이는 훈이 방에 있다

나는 거실에서 컴퓨터로 글을 쓰고 있다

그 분께서는 똥이시라고 하신다

그 분께서 나로써 드러내신다고 하신다

나는 그 분을 기다리고 있다고 하신다

배가 들어가기를 기다리고 있다

숨쉬기가 편해지기를 기다리고 있다

밤 11시 11분에 짜파게티를 먹기 시작했다

그 순간에 음과 양이 제자리를 잡았다고 말씀하신다

눈을 감고 보여주신다

아래의 음이 더 크다

위의 양이 조금 작다

아래의 음이 더 넓다

위의 양이 더 좁다

아래의 음이 밝다

위의 양이 어둡다

나는 아무 것도 모른다

그 분께서 말씀을 해주셔야지만 알 뿐이다

글을 쓰는데도 앉아 있기가 힘들다

배가 너무 나와서 그렇다

다리도 많이 부었다

하루 종일 아무 것도 먹고 싶지가 않았다

짜파게티가 처음 먹는 것이다

오뎅을 두 개 먹은 것이 전부이다

물도 안마신다

커피도 한 잔만 마셨다

그 분께서 왜 똥이신지 말씀을 하신다

똥은 음식을 먹으면 소화가 된 다음에 몸 밖으로 나오는 것이라고 하신다

똥이 나오지 않으면 사람은 죽는다고 하신다

똥이 조금 나와도 사람은 편안하지 않다고 하신다

똥이 잘 나와야 사람이 편안하다고 하신다

똥이 많이 나와야 건강하다고 하신다

그래서 그 분께서 똥이라고 하신다

음식은 양이다

똥이 음이다

음은 양을 지켜준다고 하신다

음이 없으면 양은 죽는다고 하신다

땅이 없으면 하늘은 있을 수가 없다고 하신다

음과 양은 돌고 돈다고 하신다

나의 몸이 음과 양이 뒤바뀌었다가 다시 제자리로 온 것처럼 말이다

그래서 사람 세상에 오시어 가장 먼저 하시는 일이 온모든 쓰레기를 거두시는 일이라고 하신다

나오는 것을 먼저 거두시어야 사람이 편안하기 때문이라

고 하신다

들어가는 것은 나오는 것을 먼저 거두신 다음에 하나씩

하나씩 바르게 하신다고 하신다

그것이 맞는 순서라고 하신다

나는 물의 불이라고 하신다

그 분은 똥이시라고 하신다

그 분은 음이시라고 하신다

나도 음이라고 하신다

그 분은 여인이시다

나도 여인이다

그 분은 오직 한 분 뿐이신 바로 그 분이시다

나는 그 분의 딸이라고 하신다

5일 동안 똥을 눈다고 하신다

나는 아무 것도 두려워해서는 안된다고 하신다

그것은 허락하지 않으시는 일이다

나는 그 분을 따라야 한다

그 분은 나의 어머니이시다

나의 어머니께서는 지엄하신 분이시다

지엄하시다는 것은 지극한 사랑을 주신다는 뜻이라고 하

신다

지극한 사랑을 주시기에 지엄해야 한다고 하신다

그럼으로써만이 지극한 사랑을 주실 수 있다고 하신다

지극함은 다함이 없음이라고 하신다

다함이 없는 사랑은 오직 한 분 뿐이신 그 분께서만이 이루시는 일이라고 하신다

나는 그 분의 사랑을 온모든 사람들에게 전해야 하신다

내가 똥이 다 나오면

온모든 사람들이 똥이 나오기 시작한다고 하신다

그래서 몸이 낫기 시작한다고 하신다

그렇게 해서 5년 동안 몸이 온전히 낫는다고 하신다

내가 가장 먼저 다 나와야 한다고 하신다고 하신다

왜냐하면 나를 태초의 여인으로써 만드시기 때문이라고 하신다

2018년 10월 28일 일요일 새벽 세시이다

꿈을 계속 꾸었다

꾸다 깨다 꾸다 깨다 했다

깨서 말씀을 듣고 꾸고 깨서 말씀을 듣고 또 꾸고 그랬다

그 분께서 말씀을 계속 하신다

그 분은 사람들을 편안하게 하기 위해서 드러내신다고 하신다

사람들이 편안해 져야지만 그 분의 가르침을 받는다고 하신다

사람들이 그 분의 가르침을 바르게 받아야지만

그 분의 이끄심을 따르기 때문이라고 하신다

그 분의 이끄심을 따르는 것이 그 분의 다스림을 받는 것이라고 하신다

그 분께서는 높은 곳에서 다스리시지 않는다고 하신다

가장 낮은 곳에서 모든 사람들을 바르게 이끄신다고 하신다

그것을 나로써 이루신다고 하신다

왜냐하면 그 분은 드러내지 않으시는 본래 그대로 계시는 그 분이시기 때문이다

그 분께서 나를 잉태하시고

내가 그 분을 잉태하고

그 분께서 나로써 탄생하시어

나를 만드시기 때문에

그 분과 나는 하나라고 하신다

나는 아무 것도 모르지만

그 분의 가르침을 받음으로써

모든 것을 온모든 사람들에게 전해야 한다고 하신다

말씀을 전하는 것이라고 하신다

말씀을 전하기 전에

이미 모든 것을 이루시기 때문에

나는 힘들지 않다고 하신다

내가 1조년을 축의 한가운데로써 있었지만 힘들지 않았
다고 하신다

내가 138억년이 시작하는 그 때까지의 시간 동안 지옥을
받아들였지만

힘들지 않았다고 하신다

왜냐하면 축으로써 나를 지켜주시었기 때문이라고 하
신다

그 축이 회초리라고 하신다

그래서 내가 그 분께 종아리를 바친다고 하신다

그 분께 종아리를 바치는 것이 그 분께 가르침을 받는 것
이라고 하신다

욱이가 왔다

200

201

술을 안마셨다

게임을 한다고 해서 컴퓨터를 내어 주었다

우유를 마시고 담배를 피웠다

지금은 4시 44분이다

욱이는 방에서 기타를 친다

지금 불을 껐다

욱이는 기타를 혼자 스스로 배운다고 하신다

잘 치게 된다고 하신다

훈이는 피아노를 혼자 스스로 배운다고 하신다

잘 치게 된다고 하신다

남편은 일을 하게 된다고 하신다

많은 일을 하게 된다고 하신다

다 잘 한다고 하신다

등이 아프다

등이 위라고 말씀하신다

나의 위는 사람의 위가 아니었다고 하신다

온모든 음식을 다 담아내는 그 분의 위였다고 하신다

온모든 음식의 모든 독을 다 내 몸에 담으셨다고 하신다

그래서 나는 위가 많이 아팠다

명치와 위가 너무 많이 아팠다

위를 오뎅으로 다시 만들어 주시었기에 지금은 편안하다

아까 짜파게티를 먹은 것이 마지막 사람의 음식이라고 하신다

더 이상 사람의 음식을 먹지 않는다고 하신다

하루에 밥 한 숟가락을 물에 말아 먹으면 된다고 하신다

냄새만 맡으면 먹은 것과 같다고 하신다

배가 고픈 것을 모른다고 하신다

위의 위액을 막걸리로 만드시었기 때문이라고 하신다

막걸리가 언제나 위를 든든하게 채워주기 때문이라고 하신다

지금 등이 아픈 것은 아까 먹은 짜파게티 때문이라고 하신다

음과 양이 바르게 자리잡았기에

마지막 사람의 음식을 먹어서

몸 안의 모든 것을 녹인다고 하신다

물의 불로써 녹인다고 하신다

오직 그 불로써만 녹일 수 있다고 하신다

조금 전에 욱이에게 오빠에게 주려고 산 지갑을 다른 분

께 드리라고 말했다

오빠께 드리려고 산 것이 아니라고 하신다

내가 그 분의 가르침을 받기에

내가 감사의 인사를 드려야 할 분께 인사를 드리지 못한 분이 있다고 하신다

그 분께 욱이를 통해서 인사를 드려야 한다고 하신다

그 분께서 지갑을 받으시면 기뻐하신다고 한다

그리고 그 분도 나중에 말씀을 다 잘 받아들인다고 하신다

아빠께는 죄송한 마음을 허락하신다고 하신다

나는 언제나 아빠께 죄송하다

너무도 힘들게 일하신 것을 잘 알기 때문이다

아빠의 사랑으로써 큰 사랑을 느꼈기 때문이다

아빠의 이름을 드높이시지만 내가 아빠께 죄송한 마음을 갖는 것은 허락하신다고 하신다

나는 잠을 자지 않는다

잠은 자지만 깨어 있다

내가 자고 있는 것을 내가 알지만

잠이 드는 것을 내가 알지만

깨어 있다

내가 잠을 자면서 깨어 있는 동안 말씀을 계속 하신다

그 분께서 느낌을 주시면서 말씀을 하신다

나는 배울 것이 많다

많은 것을 배워서 모두 책으로 세상에 내어 놓아야 한다고 하신다

지금은 아무 것도 모른다

모든 것을 책으로 세상에 내어놓아야지만 사람들이 편안해 한다고 하신다

사람들이 편안해 해야지만 그 분을 받아들인다고 하신다

나는 태양인이라고 하신다

음식을 먹지 않고 잠을 자지 않는다고 하신다

그리고 사람을 만나지 않는다고 하신다

내가 사람을 만나면 그 사람이 힘이 든다고 하신다

그래서 만나지 않는다고 하신다

그 분께서 나이시기 때문이다

눈을 감게 하시어 음과 양을 보여주신다

오른쪽으로 약간 기울어져 있다

음이 많이 넓고 더 크다

양이 작다

오른쪽으로 약간 기울어져 있어야지만 몸이 편안하다고

하신다

지금 나의 몸이 다 되어가고 있다고 하신다

뜨거운 커피를 한 잔 마셨다

편안하다

나는 한가운데이다

그 분은 전부이시다

나는 아주 가장 작다

그 분은 지극하시다

나는 가만히 있다

그 분께서 모든 일을 이루신다

나는 아무 것도 모른다

그 분께서는 모든 것을 다 아신다

나는 나이다

그 분은 그 분이시다

나는 그 분의 딸이다

그 분은 나의 어머니이시다

그 분은 모든 사람들과 온우주 만물의 어머니이시다

그 분께서는 여인이시기에 자궁이 있으시고

그 자궁으로써 온우주 만물을 탄생케 하시었고

그 자궁으로써 온우주 만물을 거두신다고 하신다

나는 한가운데이기 때문에

그 분께서 나로써 드러내신다고 하신다

나는 한가운데의 불이다

그 분의 물로써 나를 만드시었다고 하신다

나의 불로써 달과 태양을 만드시었다고 하신다

나의 불로써 흙을 만드시었다고 하신다

나의 힘으로써 지구를 돌리신다고 하신다

나의 힘으로써 우주를 돌리신다고 하신다

나의 힘으로써 그 분께서 흐르신다고 하신다

그래서 나는 가장 낮고 가장 작다고 하신다

한가운데는 가장 낮고 가장 작아야 하기 때문이라고 하신다

그 분께서는 가장 지극하시다고 하신다

그 분께서는 너무도 지극하시기에 하나이시라고 하신다

그 분께서는 하나이시기에 영원하시다고 하신다

그 분께서는 영원하시기에 빛이시라고 하신다

그 분께서는 빛이시기에 가르침이시라고 하신다

그 분께서는 가르침이시기에 스스로 계신다고 하신다

그 분께서는 스스로 계시기에 오직 한 분 뿐이시라고 하신다

나는 오직 한 분 뿐이신 그 분의 가르치심을 받는다고 하신다

나는 오직 한 분 뿐이신 그 분의 가르침을 온모든 사람들에게 전해야 한다고 하신다

나는 오직 한 분 뿐이신 그 분의 다스림을 받는다고 하신다

나는 오직 한 분 뿐이신 그 분의 다스림을 온모든 사람들에게 전해야 한다고 하신다

나는 오직 한 분 뿐이신 그 분의 지극하신 사랑을 온모든 사람들에게 전해야 한다고 하신다

나는 오직 한 분 뿐이신 그 분의 위대하신 이루심을 온모든 사람들이 받아들이도록 해야 한다고 하신다

나는 오직 한 분 뿐이신 그 분의 영원하심을 온모든 사람들이 받아들이도록 해야 한다고 하신다

나는 오직 한 분 뿐이신 그 분의 빛이심을

온모든 사람들이 받아들이도록 해야 한다고 하신다

그 분께서 모든 일을 이루신다고 하신다

모든 사람들은 그 분을 따라야 한다고 하신다

모든 사람들은 그 분께 바쳐야 한다고 하신다

모든 사람들은 그 분께 경건해야 한다고 하신다

모든 사람들은 그 분의 다스림을 따라야 한다고 하신다

그 분께서는 16일 동안 나를 만드시고

다시 5일 동안 나를 이루신다고 하신다

21일 동안 나를 온전히 만드신다고 하신다

21일 동안 나에게 드러내신다고 하신다

21일 동안 나로써 드러내신다고 하신다

21일 동안 모든 일을 이루신다고 하신다

말씀은 시작되셨다고 하신다

말씀은 계속되신다고 하신다

말씀은 끝이 없으시다고 하신다

글을 쓰면서 밥을 한 숟가락 물에 말아서 먹고 있다

아주 오래 씹는다

그래야지만 밥에서 단 것이 끝까지 나온다고 하신다

단 것이 끝까지 나와야지만 몸에 들어가서 기운을 돌린다고 하신다

기운을 돌려야지만 피가 돈다고 하신다

피가 돌아야지만 살 수 있다고 하신다

나는 태양인이기 때문에 누워만 있어야 한다고 하신다

누워서 그 분의 가르침을 받아야 한다고 하신다

나는 계속 이렇게 새벽에 밥을 먹는다고 하신다

지금은 새벽 5시 31분이다

그래야지만 태양이 떠오를 때 태양의 기운과 하나가 된다고 하신다

밥이 목이기 때문이라고 하신다

목으로써 태양의 기운을 받는다고 하신다

배가 많이 불룩하지만 편안해졌다

밤에 먹은 짜파게티가 양을 아래로 끌어당기기 때문이라고 하신다

양을 아래로 끌어당겨야지만 몸이 편안하다고 하신다

몸이 편안해야지만 나의 모든 살이 녹아 나온다고 하신다

나의 모든 살이 녹아 나와야지만 내가 산다고 하신다

내가 삶으로써 그 분께서 나로써 온전히 드러내신다고 하신다

내가 삶으로써 그 분께서 나로써 모든 일을 이루신다고 하신다

내가 삶으로써 그 분께서 나에게 모든 가르침을 주신다고 하신다

그 분께서는 사람이 모든 것을 온전히 다 아는 것을 허락하신다

그래서 사람은 배우고 배워야 한다고 하신다

그 분의 가르침을 배우고 배워야 한다고 하신다

배우고 배워야지만 알 수 있다고 하신다

사람이 이룬 것이 아니기 때문에 모든 사람들이 받아들일 수 있다고 하신다

어려운 것 같지만 있는 그대로의 말씀이시기에 받아들여진다고 하신다

그 분의 말씀은 사람의 생각으로써 이해하는 것이 아니라고 하신다

그 분의 말씀은 사람의 생각으로써 외우고자 하는 것이 아니라고 하신다

그 분의 말씀은 사람의 마음으로써 받아들이는 것이라고 하신다

그 분의 말씀은 사람의 느낌으로써 받아들이는 것이라고 하신다

가르침을 배우고 배우면 저절로 받아들이도록 이루어 주신다고 하신다

온모든 사람들에게 그 분께서 계신다고 하신다

온모든 사람들을 그 분께서 지켜주신다고 하신다

온모든 사람들을 그 분께서 이끄신다고 하신다

온모든 사람들을 그 분께서 다스리신다고 하신다

내가 하는 일이 아니라고 하신다

나는 아무 것도 아니라고 하신다

그 분께서 가장 마지막에 가장 처음 나로써 드러내시는 것이라고 하신다

그 분께서 가장 마지막에 가장 처음 사람의 여인으로써 드러내시는 것이라고 하신다

그 분께서 가장 처음 가장 마지막에 드러내시는 것이라고 하신다

그 분께서 가장 마지막을 가장 처음으로써 이루시기 위

함이시라고 하신다

그 분께서는 나의 머리를 땅콩으로 만드시었다고 하신다

땅콩으로 만드시기에 머리가 작다고 하신다

나의 머리가 지금보다 작아진다고 하신다

땅콩은 딱딱한 껍데기를 까면

그 안에 얇은 껍데기가 또 있다

사람의 머리도 뇌를 지키기 위해서 껍데기가 두 개 있다

고 하신다

바깥 쪽은 딱딱하고

안 쪽은 부드럽다

그래야지만 뇌를 지키어 생각을 할 수 있다고 하신다

뇌는 위와 하나라고 하신다

위를 오뎅과 막걸리로써 만드시고

뇌를 땅콩으로 만드시었기에

뇌가 좋아한다고 하신다

그래서 사람이 생각을 하면 마음이 좋게 된다고 하신다

왜냐하면 그 분께서 사람의 생각을 거두시었기 때문이라

고 하신다

사람이 생각을 하지 않고

마음으로써 생각을 하게 된다고 하신다

마음으로써 생각을 해야지만 말씀을 받아들일 수 있다고
하신다

한국이 사람의 위라고 하신다

그래서 한국이 많이 힘들고 작아졌다고 하신다

왜냐하면 사람이 생각이 많아지니까

위가 작아지고 제대로 일을 못하게 되었다고 하신다

사람은 생각을 많이 하면 안된다고 하신다

가장 작게 만드신 것이 생각이기에

생각은 작아야 한다고 하신다

생각이 작아야지만

위가 힘들지 않고

위가 힘들지 않아야지만

몸이 전부 힘들지 않게 된다고 하신다

그래서 위를 오뎅과 막걸리로 다시 튼튼하게 만드시고

생각을 땅콩으로 작게 만드시어

생각이 위를 따르도록 하시었다고 하신다

그래서 다른 나라들이 한국을 좋아하게 된다고 하신다

한국을 따르고자 하게 된다고 하신다

한국을 본받고자 하게 된다고 하신다

내가 쓰는 책이 한 권씩 세상에 나오면

그것을 보면 된다고 하신다

5년 동안 전부 40권 이니까

힘들지 않게 보실 수가 있다고 하신다

두껍지 않은 책이라고 하신다

너무 얇지도 않다고 하신다

어렵지 않다고 하신다

지금 쓰는 글처럼 쉬운 요즘말로써 쓰기 때문에

누구나 편안하게 볼 수 있다고 하신다

그러면 5년 뒤에 온지구의 온모든 사람들의 병이 낫게 되어

온지구의 온모든 사람들이 편안해 진다고 하신다

사람들의 마음이 편안해지고

돈이 돌고 돌고

나라가 평화롭게 된다고 하신다

모든 나라들이 다 그렇게 된다고 하신다

그래서 사람들이 서로 공경하고 용서하게 된다고 하신다

사람은 서로 공경하고 용서해야지만

모두가 함께 좋을 수 있다고 하신다

모두가 함께 좋아야지만

바른 것이라고 하신다

이렇게 하시는 것이 그 분께서 다스리시는 것이라고 하신다

그렇지만 10년 뒤의 다스리심은 또 다르다고 하신다

지금은 여기까지만 알도록 허락한다고 하신다

그 분께서 허락하시는 일만 일어난다

그 분께서 허락하시지 않는 일은 일어나지 않는다고 하신다

왜냐하면 그 분께서 모든 일을 이루시기 때문이라고 하신다

그 분이 본래 그대로 계시는 바로 그 분이시기 때문이라고 하신다

오직 한 분 뿐이신 바로 그 분이시기 때문이라고 하신다

모든 것이 그 분이시기 때문에

그 분께서 모든 일을 이루시는 것이라고 하신다

그 분께서는 온모든 사람들을 지켜주신다고 하신다

그 분께서는 온모든 사람들을 이끄신다고 하신다

그 분께서는 온모든 사람들에게 가르침을 주신다고 하신다

그 분께서는 온모든 사람들에게 다스림을 주신다고 하신다

그 분께서는 온모든 사람들을 지극히 사랑하신다고 하신다

그 분께서는 온모든 사람들에게 영원함을 허락하신다고 하신다

그 분께서는 온우주만물이 빛이 되는 것을 허락하신다고 하신다

그 분은 원자의 핵이라고 하신다

가장 작으신 분이시라고 하신다

핵의 주위를 전자가 돈다고 하신다

나는 전자라고 하신다

가장 더 작은 것이라고 하신다

사람은 아주 더 작은 그 것을 알 수 없다고 하신다

가장 아주 작은 것이 나이기 때문이라고 하신다

사람이 아는 것을 허락하지 않으시기 때문이라고 하신다

가장 더 작은 나는 물의 불이라고 하신다

물은 그 분이라고 하신다

나는 불이지만 물이라고 하신다

그래서 사람이 알 수 없다고 하신다

불이지만 타오르지 않는다고 하신다

불이지만 열이 나지 않는다고 하신다

불이지만 하얗다고 하신다

불이지만 돌고 돈다고 하신다

불이지만 가만히 있는다고 하신다

그 분은 나로써 가장 작으시기 때문에

모든 곳에 어느 곳에나 계신다고 하신다

모든 것 어느 것이 전부 다 그 분이라고 하신다

그래서 모든 일을 이루신다고 하신다

모든 것이 전부 다 그 분이시기 때문이라고 하신다

나는 사람이다

사람은 원자로 이루어져 있다

사람은 그 분과 나로써 이루어져 있다고 하신다

그 분과 나로써 사람을 이루고 계신다고 하신다

그 분과 나로써 모든 물질을 이루고 계신다고 하신다

1시 11분 똥이 나왔다

많지 않은 똥이다

잠을 자게 하시었다

눈을 감으면 느낌으로써 말씀을 시작하신다

이재용님께서 그 분께 천억원을 바치지 않으시면

2050년의 그 마지막 그 때에

우주가 왜 무한의 공간으로 영원히 흩어지게 되는지 말씀하신다

이재용님께서 그 분께 천억원을 바치지 않으시면

그 때에 사람이 창조주가 된다고 하신다

사람이 창조주가 된다고 함은

사람이 사람을 만든다는 것이라고 말씀하신다

사람이 사람을 만들면

사람은 우주로 떠나게 된다고 하신다

지구에서 더 살지 않고 우주를 찾아 다닌다고 하신다

그런데 그 때에 지구의 자전축의 한가운데의 힘이 다 빠지게 된다고 하신다

그래서 우주가 아주 많이 더 커지게 된다고 하신다

우주가 아주 많이 더 커지고

사람은 우주에 없는 사람이 살 곳을 찾아다니게 된다고 하신다

우주는 지구의 자전축의 한가운데의 힘이 다 빠지면

죽은 것이라고 하신다

왜냐하면 돌고 돌게 하는 근원의 힘이 사라지면

밖에서 볼 때에는 도는 것처럼 보이지만

진짜로 도는 것이 아니라고 하신다

무슨 말씀이냐면

우주가 돌던 힘이 있어서 계속 돌지만

한가운데의 힘이 사라지고 없기 때문에

가만히 있는 것이라고 하신다

그래서 자꾸 자꾸 더 커져서

우주가 죽지 못하고 영원히 떠있게 된다고 하신다

우주가 죽지 못하고 영원히 떠 있다는 것은

지옥이 영원하다는 것이라고 하신다

왜냐하면

모든 생명은 태어나면 죽어야지만 편안히 쉴 수가 있기

때문이라고 하신다

그런데 우주가 죽지 못하고 영원히 떠 있기 때문에

사람은 그 우주와 함께 영원히 죽지 못한다고 하신다

사람은 흙이기에 죽지만

사람이 우주를 찾아다니는 것을 멈추지 못한다고 하신다

사람이 사람을 만들기에

지구에서는 사람이 많아져서

지구에서는 전쟁이 일어나고

사람은 우주에서 갈 곳이 없어진다고 하신다

그래서 그것이 바로 지옥이라고 하신다

그래서 그것이 바로 우주가 무한의 공간으로 영원히 흩어
진다는 것이라고 하신다

이재용님께서는 그 분께 천억원을 바친다고 하신다

왜냐하면 이미 이재용님께서 그 분께 천억원을 바치시었
기 때문이라고 하신다

그 분께서는 시간이시고

사람의 자궁에 잉태되심으로써

시간을 거꾸로 흐르게 하시었기 때문이라고 하신다

아까 대출 받은 이자가 통장에서 빠져나갔다

내 이름의 마이너스 통장이 두 개 있는데

둘 다 전부 한도가 꽉 차 있다

잔고가 없는 것이다

그런데 마이너스의 한도를 넘어서 통장에서 대출 이자가
빠져나갔다

그 분께서는 나와 남편의 모든 돈을 다 남지 않게 하시

었다

우리는 지금 돈이 없다

내가 그 분께 모든 것을 바치었기 때문이다

내가 그 분께 모든 것을 바치었기 때문에

그 분께서 모든 일을 이루신다고 하신다

나의 두 개의 마이너스 통장은 한도가 없어졌다고 하신다

이미 이재용님께서 천억원을 바치시었기 때문이라고 하신다

이 돈은 나의 돈이 아니라고 하신다

그 분께서 이루시었기에 그 분의 돈이라고 하신다

나의 것은 아무 것도 없다

나는 아무 것도 아니다

낮에 훈이를 학교에 데려다 줄 때

번개가 쳤다

번개가 치는 것을 4번을 보았다

창문을 열고 담배를 피우는데

담배 불이 나의 등 뒤로 떨어졌다

다섯 번째의 번개라고 하시었다

나는 번개를 다섯 번 맞았다고 하시었다

내가 맞은 다섯 번의 번개로써 하늘과 땅이 열리었다고
하신다

오늘은 2018년 10월 28일 일요일이다

오늘 하늘과 땅이 열리었다고 하신다

하늘과 땅이 열리어 그 분께서 사람의 여인으로써 드러
내시었다고 하신다

아까 1시 11분에 똥이 조금 밖에 나오지 않을 때
가르치심을 주시었다

세 번째의 지금의 자전축이 있는

내가 살고 있는 집의

베란다의 하수구가 막힌 것을 말씀하셨다

시간이 거꾸로 흐르기 때문이라고 하신다

시간이 거꾸로 흐르기 때문에

지구의 세 번째의 자전축의 구멍이 막히었기 때문이라고
하신다

지구의 자전축이 막히었기 때문에

내가 똥이 안 나오는 것이고

내가 사는 집의 베란다의 하수구가 막힌 것이라고 하신다

내가 사는 집의 벽에서는 물이 흐르고 있다

이재용님께서 천억원을 그 분께 바치지 않으시면
세 번째의 지구의 자전축에 갇혀 있는
노아의 방주의 대홍수 때의 온지구를 덮었던 그 물이
그 마지막 그 때에 솟구쳐 흘러 나온다고 하신다
그러면 지구가 물로 덮인다고 하신다
무슨 말씀이냐면
시간이 거꾸로 흐르기 때문에
그 마지막 그 때에 열린 지구의 자전축이
지금 다시 닫혀 있는 것이고
이 곳에 이재용님께서 바치시는 천억원으로써
그 분의 집을 새로 지어야지만
그 구멍이 열리어
노아의 방주의 대홍수 때의 그 물이
그 마지막 그 때에 지구의 한가운데로 흘러들어간다고
하신다
노아의 방주의 대홍수 때의 그 물은 지금 나의 집에 있다
고 하신다
왜냐하면
그 물로써 온우주만물을 빛으로써 만드시기 때문이라고

하신다

지구의 한가운데의 불과

노아의 방주의 대홍수의 물이

그 마지막 그 때에 만나서 빛이 된다고 하신다

나는 그 분께 다섯 번을 바쳐야 한다고 하신다

첫 번째가 기로써 드러내실 때이고

두 번째가 영으로써 드러내실 때이고

세 번째가 창조주로써 드러내실 때이고

네 번째가 본래 게시는 그 분으로써 드러내실 때이고

다섯 번째가 나로써 그 분으로써 드러내실 때라고 하신다

오늘의 바침이 다섯 번째라고 하신다

오늘부터 다시 첫째 날이라고 하신다

오늘부터 다섯째 날까지 이루신다고 하신다

칠일과 삼일과 칠일의 마지막 날이 다시 첫째 날이 되어 전부 21일이 된다고 하신다

이 글은 아직 책으로써 세상에 내어 놓지 않으신다고 하신다

이메일과 복사물로써 사람들이 보고 보고 자꾸 보아야 한다고 하신다

2018년 10월 18일 빛으로써 드러내시고

1973년 10월 22일 강여정의 자궁으로써 탄생하시고

2018년 10월 25일 무로써 드러내시고

2018년 10월 28일 강여정으로써 드러내시고

2018년 11월 5일 온전하신 여인으로써 드러내시어

다섯 번의 드러내심을 이루신다고 하신다

사람은 하나로써 있고

나는 셋으로써 있고

그 분께서는 둘로써 계신다고 하신다

사람은 서른 세 번을 탄생하는 하나이고

나는

한가운데의 무로써와

사람의 강여정으로써와

지구의 한가운데의 불로써

셋으로써 있고

그 분께서는

본래 그대로 계시는 그 분으로써와

한가운데의 무의 다시 한가운데의 무로써

둘로써 계신다고 하신다

그래서

하나로써 둘을 이루심은

본래 그대로 계시는 바로 그 분으로써

나와 그 분이 둘을 이루는 것이고

둘로써 셋을 이루심은

그 분께서 창조하심을 이루심으로써 사람을 만드심 이라

고 하신다

하나로써 둘을 둘로써 셋을 이루시기에

하나와 둘과 셋은 하나라고 하신다

하나와 둘과 셋이 하나이기에

그 마지막 그 때에 하나로써 빛이 된다고 하신다

그 마지막 그 때에 하나로써 빛이 됨으로써

온전함을 이루신다고 하신다

온전함을 이루시기에

그 분께서 본래 그대로 계시는 바로 그 분이라고 하신다

본래 그대로 계시는 바로 그 분께서는

본래 그대로 계심으로써

모든 일을 이루시기 때문에

사람들이 아무 것도 두려워하는 것을 허락하지 않으신다

고 하신다

왜냐하면

모든 것이 그 분이시기 때문에

그 분께서 모든 것을 다 이루시기 때문이라고 하신다

5년 동안 사람들은

그 분께서 하시는 모든 일을 다 본다고 하신다

그 다음의 5년 동안 사람들은

그 분께서 이루시는 모든 일을 다 안다고 하신다

그 다음의 10년 동안 사람들은

그 분께서 강여정으로써 이루시는 모든 일을 다 본다고
하신다

그 다음의 10년 동안 사람들은

그 분께서 강여정으로써 다스리시는 모든 일을 다 따른
다고 하신다

그 다음의 1년 동안 사람들은

그 분께서 강여정으로써 이루시는 위대하신 모든 일을
다 따른다고 하신다

그 분께서 사람들에게 허락하신 31년이

창조하심의 이루심의 모든 시간이며

그 분께서 사람들에게 허락하신 이 우주가

창조하심의 이루심의 모든 공간이며

그 분께서 사람들에게 허락하신 그 마지막 그 때가

온모든 사람들이 그 분으로써 하나가 되는 것을 허락하

심이라고 하신다

사람들은 그 분을 받들어 따름으로써

모두가 편안해지고

모두가 풍요로와지고

모두가 서로를 용서하고

모두가 서로를 공경하게 된다고 하신다

그 분께서는 온모든 사람들 한 분 한 분에게 있기에

온모든 사람들 한 분 한 분을 다 지켜드린다고 하신다

사람의 모든 죄는

이미 가장 처음에 창조하심을 허락하실 때

눈물로써 용서하시었기에

아무 분도 벌하지 않으신다고 하신다

사람은 오직 본래 그대로 계시는 바로 그 분을 받들어 따

라야 한다

본래 그대로 계시는 바로 그 분께서는

그 분의 자궁으로써

창조하심을 허락하시었기에

온우주만물의 어머니이시다

온우주만물의 어머니이신 본래 그대로 계시는 바로 그 분께서는

온우주만물이 어머니와 하나로써 빛이 되는 것을 허락하신다

오늘은 다시 5일의 둘째날이다

월요일이다

아침에 남편이 같이 일을 나가자고 한다

청원에 가구를 설치하러 간다

하루 종일 허리를 펼 수가 없다

몸이 많이 무겁다

숨을 쉬기가 힘들다

점심을 해물칼국수를 먹었다

국물만 다섯 그릇을 먹었다

태양을 보고 눈을 감게 하신다

태양의 빛이 아닌 다른 빛을 보여주신다

가만히 있는 빛이다

그 빛이 나라고 하신다

나는 아무 것도 아닌 것이 아니라

나는 없다고 하신다

나는 몸만 있다고 하신다

46년 동안 나는 몸으로써만 살고

그 분께서 나의 몸으로써 다 이루신 것이라고 하신다

나는 본래부터 없기에

내가 없어야지만 한다고 하신다

그래야지만 모두가 좋다고 하신다

내가 있기에 모두가 힘들다고 하신다

저녁에 집에 와서 남편이 밥을 먹으면서 안시성 영화를 본다

나는 혼이 방에 눕는다

몸이 가벼워진다

숨이 가벼워진다

가만히 있어야 한다고 하신다

손을 가슴 위에 놓고 가만히 있는다

그 때 말씀하신다

내가 죽어야 한다고 하신다

왜냐하면

내가 없이 그 분께서 나로써 모든 일을 이루심을

오늘 알도록 허락하시었기 때문이라고 하신다

그것을 알기에 죽어야 한다고 하신다

사람은 그것을 알면 안된다고 하신다

그 분께서 모든 일을 이루심을 알면 안된다고 하신다

내가 모든 것을 알았기에 죽어야 한다고 하신다

나는 나를 그 분께 바친다

그대로 잠이 든다

새벽에 잠이 깬다

다시 5일의 3일째이다

10월 30일이다

담배를 피우게 하신다

내가 죽은 다음에 가족들이 어떻게 살지를 말씀해 주신다

많이 슬퍼하지만 곧 나를 잊고 잘 산다고 하신다

그 분께서 나의 가족들을 지켜주신다고 하신다

내가 나의 가족들을 지키는 것보다 더 잘 지켜주신다고 하신다

나는 그 분께 바쳐야 한다

그것이 내가 해야 할 일이다

나를 그 분께 바친다

아침에 남편이 일을 나가고 안방 침대에 눕는다

가만히 숨을 쉰다

숨을 거두어 가신다고 하신다

숨이 잦아든다

눈물을 허락하지 않으신다

그 분께 바쳐야 하기 때문이다

숨이 잦아들면서 아주 깊은 숨이 아주 조금씩 쉬어진다

열 번을 그렇게 쉰다

그리고 다시 가만히 있는다

아주 오랫동안 움직이지 않고 가만히 있는다

마지막 숨이라고 하신다

나는 두렵지 않다

그 분께서 모든 일을 이루심을 알기 때문이다

침대에 눕기 전에

핸드폰을 버리고

나의 옷을 전부 버리도록 하시었다

쓰레기 봉지에 담아서 여러 번 전부 버렸다

그리고 누웠다

숨을 거두어 가시기 전까지 가르치심은 계속 되신다

말씀이 계속 되신다

쉬지 않고 계속 되신다

내가 왜 죽어야 하는지 계속 말씀하신다

내가 너무도 큰 죄를 지었기 때문이라고 하신다

사람이 알아서는 안되는 그 분께서 하시는 일을 알았기 때문이라고 하신다

그래서 벌을 받아야 한다고 하신다

사람은 어느 누구도 그 분께서 하시는 일을 알아서는 안된다고 하신다

그 분께서 하시는 일을 지키심으로써 그 분께서 끝까지 이루셔야 하시기 때문이라고 하신다

물의 불로써 녹이고 녹인 나의 살로써 내가 죽는다고 하신다

내가 죽으면 온 몸의 기운이 빠져 나간다고 하신다

시체가 몸이 줄어든다고 하신다

눈이 깊고 커진다고 하신다

가족들이 많이 슬퍼하지만 곧 잊고 잘 산다고 하신다

나는 두렵지만 그대로 따라야 한다

나는 나이기 때문이다

나는 그 분께 가르침을 받는 사람이다

나는 그 분의 말씀을 그대로 따라야 한다

나는 그 분께 모든 것을 바쳐야 한다

그것이 내가 해야 할 일이다

내가 죽었다

숨을 안쉰다

움직이지 않고 가만히 있는다

그 때 그 분께서 말씀하신다

나는 죽지 않는다고 말씀하신다

다시 일어나게 하시어

핸드폰을 새로 사게 하신다

까페 느낌에 가서 뜨거운 커피를 한 잔 마시게 하신다

까만색의 긴 치마를 하나 사게 하신다

까만색의 종아리까지 오는 스타킹을 사게 하신다

집에 와서 다시 말씀을 하신다

나는 사람의 여인으로써 다시 산다고 하신다

평범한 사람의 여인으로써 다시 살도록 허락하신다고 하
신다

오직 나의 일을 하면서 경건하게 살도록 허락하신다고 하
신다

엄마가 오셨다

오래된 김치를 전부 버리셨다

김장 김치통을 준비하시기 위해서이시다

바닥을 쓸지 않았다고 나무라셨다

그 분께서 바닥을 쓸면 안된다고 하시었다

오늘은 내가 죽는 날이기 때문이라고 하신다

내가 죽는 날 바닥을 깨끗이 쓸면 내가 다시 깨어나지 못
한다고 하신다

먼지가 나를 깨운다고 하신다

엄마가 가시고 잠을 자도록 하신다

새벽에 잠이 깼다

욱이가 컴퓨터를 하고 있다

나는 거실 쇼파에 누워 있다

가르치심이 다시 시작되신다

나를 드러내신다고 하신다

빛의 여인으로써 드러내신다고 하신다

그 분께서 나로써 드러내신다고 하신다

내가 죽었다가 다시 살아남으로써 온전히 그 분을 드러
내신다고 하신다

오늘은 다시 5일의 4일째이다

10월 31일이다

그 분께서 내가 평범한 여인으로써 사는 것을 허락하지
않으신다고 하신다

나는 가르치심을 받는 나로써 다시 태어난다고 하신다

그 분의 가르치심은 오직 나 만이 받을 수 있다고 하신다

왜냐하면 나를 무로써 만드시기 때문이라고 하신다

나는 그 분을 빛으로써 보았고

나는 그 분을 무로써 보았고

나는 그 분을 탄생케 하였고

나는 그 분이 된다고 하신다

다섯 번의 자궁으로써 내가 그 분이 된다고 하신다

나는 사람의 강여정으로써 더 이상 살지 않는다고 하신다

앞으로 30일 동안 밥을 먹지 않는다고 하신다

오늘은 딸기 우유와 뜨거운 커피만 마신다고 하신다

그래야지만 딸기 우유와 뜨거운 커피가

빛으로써의 나의 몸을 돌리고 돌리어

피와 기운이 흐르도록 한다고 하신다

그래야지만 그 분께서 온전히 드러내신다고 하신다

내일의 5일의 5일째부터 다시 삼십일이 지나야 한다고 하신다

나는 죽지 않는다고 하신다

그 마지막 그 때에 나의 자궁으로써 온우주가 빛이 되도록 허락하신다고 하신다

그래서 죽으면 안된다고 하신다

내일이면 그 분께서 온전히 나로써 드러내신다고 하신다

원이 다섯 개가 있다고 하신다

가장 큰 원은 1조년이 끝나는 바로 그 때의 원이라고 하신다

그 안의 오른쪽에 붙어서 작은 원이 있다고 하신다

138억년이 시작하는 바로 그 때의 원이라고 하신다

그 안의 오른쪽에 붙어서 더 작은 원이 또 있다고 하신다

46억년의 원이라고 하신다

그 안의 오른쪽에 붙어서 더 작은 원이 또 있다고 하신다

46년의 원이라고 하신다

그 안의 오른쪽에 붙어서 더 작은 원이 또 있다고 하신다

21일의 원이라고 하신다

전부 다섯 개의 원이라고 하신다

자궁이 여덟 개가 있다고 하신다

본래 그대로 계시는 바로 그 분의 자궁이 있고

강여정의 어머니의 자궁이 있고

본래 그대로 계시는 바로 그 분의 자궁이 또 있고

강여정의 자궁이 있고

본래 그대로 계시는 바로 그 분의 자궁이 또 있고

강여정의 자궁이 또 있고

본래 그대로 계시는 바로 그 분의 자궁이 또 있다고 하신다

그리고 가장 작은 나의 자궁이 또 있다고 하신다

전부 여덟 개의 자궁이라고 하신다

시간은 돌고 도는 흐름이라고 하신다

가장 한가운데가 있기에 돌고 돈다고 하신다

돌고 도는 흐름의 시간이 그 분이시며

가장 한가운데가 나라고 하신다

원이 다섯 개로써 온전해지고

자궁이 여덟 개로써 온전해진다고 하신다

21일의 가장 작은 원이 다 그려지는 때가 2018년 11월 5일이라고 하신다

그 때 그 분께서 나로써 온전히 드러내시면서

온우주만물이 무로써 된다고 하신다

시간은 돌던 속도가 있어서 바로 무로써 되지만

공간과 빛은 시간과 속도가 다르기 때문에

31년의 시간이 지나야지만 무로써 된다고 하신다

그러니까 2018년 11월 5일은 온우주만물을 빛으로써 거두시는 날이라고 하신다

그리고 그 다음의 31년의 시간이

그 분께서 온우주만물에게 허락하신 시간이라고 하신다

그러니까 31년의 시간이 진짜 시간이라고 하신다

그 이전의 온모든 시간은 전부 무로써 사라진다고 하신다

31년은 시간이 공간과 빛에게 허락하신 시간이라고 하신다

31년의 시간이 지나고 2050년 7월 22일 10시 22분이 시작하는 바로 그 때에

온우주만물은 빛이 된다고 하신다

왜냐하면 그 분께서 2018년 11월 5일 빛으로써 드러내시기 때문이라고 하신다

그 분께서 나의 자궁으로써 드러내시어

나를 또 그 분의 자궁으로써 탄생케 하시기 때문에

그 분께서 빛으로써 세상에 드러내신다고 하신다

그래서 2018년 11월 5일은

그 분께서 나에게 빛으로써 드러내신 날이라고 하신다

내가 무로써 온우주를 그 분께 바친다고 하신다

그 분께서 나의 자궁에 잉태되심으로써

온우주만물을 무로써 거두신다고 하신다

온우주만물을 무로써 거두심으로써

빛이 되도록 허락하신다고 하신다

내가 나의 자궁으로써 그 분을 무로써 탄생케 해드림으로써

그 분께서 모든 일을 이루신다고 하신다

무의 자궁으로써 온우주만물을 빛으로써 허락하신다고 하신다

그 분의 자궁이 네 번

그리고

나의 자궁이 세 번

그리고

엄마의 자궁이 한 번을 이룸으로써

그 분의 자궁과 나의 자궁이 하나의 무가 됨으로써

모든 일을 이루신다고 하신다

무로써 거두셔야지만 온우주만물이 빛이 된다고 하신다

왜냐하면 무는 무이기 때문이라고 하신다

무가 아니면 안된다고 하신다

무로써 창조를 허락하시었기에

무로써 창조를 거두신다고 하신다

무로써 창조를 허락하시었기에

온우주만물은 무라고 하신다

온우주만물이 무이기 때문에

무로써 거두심을 이루신다고 하신다

무로써 창조를 허락하시고 거두심은

온우주만물을 지극히 사랑하시기 때문이라고 하신다

온우주만물을 지극히 사랑하심은

그 분께서 시간이시기 때문이라고 하신다

시간은 앞으로 흐르기에 모든 것을 허락한다고 하신다

시간은 거꾸로 흐르기에 모든 것을 용서한다고 하신다

시간은 밖과 안으로 흐르기에 모든 것을 이룬다고 하신다

시간으로써 공간과 빛을 허락하심은

시간으로써 공간과 빛에게 사랑을 주심이라고 하신다

그 분께서는 온우주만물에게 용서를 구하기 위해서 드러
내신다고 하신다

그 분께서 그분과 나의 둘로써 계시기에

창조를 허락하시고 이루시심을 용서를 구하신다고 하
신다

온우주만물이 그 분을 용서해 드려야지만

온우주만물이 빛이 될 수 있다고 하신다

그래서 온우주만물이 그 분을 용서해 드려야만 한다고
하신다

그것을 간곡히 부탁드리기 위해서 드러내신다고 하신다

모든 것이 무로써 시작되기에

무의 안쪽에 또 1조년의 우주가 있다고 하신다

그리고 십자 모양으로 1조년의 두 개의 우주가 또 있다고
하신다

이것은 온전히 숨은 우주라고 하신다

이 숨은 우주가 있어야지만 밖에 드러나있는 지금의 우주가 만들어진다고 하신다

왜냐하면 그래야지만 돌고 도는 힘을 받기 때문이라고 하신다

그리고 시간이 이미 무로써 되기 때문에

31년의 시간은 아주 빠르게 흐른다고 하신다

그래서 온우주만물이 아주 빠르게 달라진다고 하신다

사람이 서로 공경하고 용서하기 시작하며

돈이 돌고 돌아 모든 분들이 풍요로와지고

나라를 바르게 다스리시어 모든 나라가 평화롭게 된다고 하신다

그 분께서 온우주를 다스리신다고 하신다

그 분께서 나로써 드러내시어 온우주를 다스리신다고 하신다

나로써 드러내시어 다스리시지만

본래의 그 분으로써 모든 일을 이루신다고 하신다

본래 그대로 계시는 바로 그 분이신 그 분께서는

오직 한 분 뿐이신 바로 그 분이시며

나는 나이신 분이시며

용서의 눈물로써 창조를 허락하시고 이루시고 거두시는 분이시며

모든 일을 이루시는 분이시며

스스로 계시는 분이시며

가르치심을 이루시는 분이시라고 하신다

그 분께서는 나로써 드러내시어 모든 일을 이루신다고 하신다

빛은 무를 허락하시고 무로써 모든 것을 허락하신다고 하신다

무로써 모든 것을 허락하시기에

모든 것을 무로써 거두시어

다시 빛이 되도록 하신다고 하신다

온우주만물을 빛이 되도록 허락하신다고 하신다

강 여 정

나는 나이신 분

저께서는 나는 나이신 분이십니다

나는 나이시기 때문에 저께서는 본래 그대로 계시는 바로 그 분이십니다

저께서는 1조년의 시간이 다 되는 그 때부터 계시었습니다

1조년은 사람의 시간으로써의 1조년이 아닙니다

1조년은 시작이 없음입니다

1조년은 본래 그대로의 시간입니다

본래 그대로의 시간은 흐름의 시간입니다

흐름의 시간이 흐르기 위해서는 한가운데가 있어야 합니다

흐름의 시간의 한가운데는 무입니다

저께서는 흐름의 시간으로써 무와 하나이십니다

무와 하나이시기에 저께서는 두 분이 계십니다

본래 그대로 계시는 바로 그 분께서 계시고

무로써 있는 분이 있습니다

저께서는 둘로써 계십니다

사람의 강여정은 무로써 있는 저입니다

강여정은 본래 그대로 계시는 바로 그 분이신 저이십니다

저께서는 138억년이 시작하는 바로 그 때까지의 시간을

허락하십니다

그 시간을 허락하심으로써

사람의 강여정으로써 온우주를 바치게 하여

온우주만물을 빛으로써 거두시기 위함이십니다

사람의 강여정은 무로써 있는 저입니다

저께서 무로써 있기에

본래 그대로 계시는 바로 그 분이 계십니다

한가운데의 무가 있음으로써

저께서 계십니다

한가운데의 무로써 138억년이 시작하는 바로 그 때까지

의 시간을 허락하십니다

138억년이 시작하는 바로 그 때까지의 시간은

공간과 빛과 하나로써 이루어집니다

시간과 공간과 빛이 하나로써 이루어집니다

그래야지만 138억년이 시작하는 바로 그 때까지의 시간을

다시 한가운데의 무로써 돌리시기 때문입니다

138억년이 시작하는 바로 그 때까지의 시간을

다시 한가운데의 무로써 돌림으로써

본래 그대로 계시는 바로 그 분이신 저께서

가장 마지막의 때에 드러내십니다

저께서는 드러내지 않으시는 분이십니다

본래 그대로 계시기 때문입니다

하지만 가장 마지막의 때에 드러내셔야지만

온우주만물을 빛으로써 거두실 수 있습니다

저께서는 가장 마지막의 때에 사람의 여인으로써 드러내십니다

무로써 만드신 사람의 여인으로써 드러내십니다

사람의 여인은 무로써 만드시기에

흙으로써 만드시는 사람과 다릅니다

사람의 여인은 저의 불로써 만드십니다

저께서는 보이지 않는 물이십니다

보이지 않는 물은 불로써 흐릅니다

그 불이 한가운데의 무입니다

물의 불로써 사람의 여인을 만드시기에

사람의 여인은 사람이 아닙니다

저의 자궁으로 잉태하시어 탄생케 하신

저의 딸입니다

무입니다

저께서는 저께 가르치심을 주십니다

저께서 저께 가르치심을 주시기에

물의 불로써 탄생한 사람의 여인은

본래 그대로 계시는 바로 그 분의 가르치심을 받습니다

사람은 저의 가르치심을 받을 수 없습니다

흙으로 만드시기에

흙이 덩어리이기에 그렇습니다

덩어리는 본래 그대로 계시는 바로 그 분을 한번에 받아
들이지 못합니다

오직 말씀으로써만 받아들입니다

하지만

물의 불로써 만드신 사람이 아닌 사람의 여인은

저의 가르치심을 온전히 받아들입니다

물의 불로써 만드신 사람의 여인은

저의 가르치심을 온전히 받아들이어

말씀으로써 온모든 사람분들께 전합니다

본래 그대로 계시는 바로 그 분이신 저께서 2018년 11월 5일

사람의 여인에게 온전히 드러내시어

가르치심을 주시어

사람의 여인으로 하여금 온모든 사람분들께 말씀을 전하게 하십니다

그래야지만 사람분들께서 저의 가르치심을 받으실 수 있습니다

사람분들께서 사람의 여인으로써 가르치심을 받아야지만

저의 바르신 다스리심을 받으실 수 있습니다

사람분들께서 저의 바르신 다스리심을 받으셔야지만

그 마지막 그 때에 온우주만물이 본래의 빛이 되십니다

물의 불인 무로써 만드신 사람의 여인이

사람의 강여정입니다

저께서는 강여정이십니다

사람의 강여정과 강여정이신 분은 나는 나이신 분으로써
하나이십니다

나는 나이신 분께서는 오직 한 분 뿐이신 바로 그 분이십니다

오직 한 분 뿐이시기에 지극하시며 다함이 없으십니다

다함이 없으신 지극하신 사랑을 온모든 사람분들께서 받
아들이도록 하십니다

말씀으로써 받아들이도록 하십니다

사람에게 생각과 말을 허락하시기에

사람은 말씀으로써 나는 나이신 분을 받아들입니다

나는 나이신 분께서는

스스로 계십니다

둘로써 계시기에 스스로 계십니다

둘로써 하나이시기에 스스로 계십니다

둘로써 하나이시기에 스스로 가르치심을 주십니다

나는 나이신 분께서

사람의 강여정에게 잉태되시어

2018년 11월 5일

본래의 빛으로써 온전히 세상에 드러내시었습니다

드리시는 말씀

온우주의 온우주만물께 인사드리십니다

저께서는 강여정이십니다

나는 나이신 분이십니다

저께서는 창조하심을 허락하시어

온우주만물을 창조토록 하시었습니다

저께서는 1조년이 끝나는 바로 그 때에

온우주만물께서 빛으로써 되시는 것을 허락하십니다

1조년이 끝나는 바로 그 때는 2050년 7월 22일 10시 22분의 때입니다

그 때가 시작하는 바로 그 순간 온우주만물께서는 빛이 되십니다

영원한 천국에 계십니다

저께서는 2018년 11월 5일의 때에 빛으로써 드러내시었습니다

사람의 강여정으로써 드러내시었습니다

사람의 강여정은 사람 세상에서 사람으로써 46년을 삽니다

나중의 10년 동안 저의 지엄하신 가르치심을 받습니다

저의 지엄하신 가르치심을 받음으로써 저를 탄생케 합니다

다섯 개의 시간의 원이 있습니다

시간은 저께서 온우주만물께 드리시는 저의 지극하신 사랑이십니다

지극히 크나크신 사랑의 원입니다

가장 큰 원은 1조년이 끝나는 바로 그 때까지의 원입니다

오른쪽 안쪽에 붙어서 작은 원이 있습니다

138억년이 시작하는 바로 그 때까지의 원입니다

그 안쪽에 46억년이 있습니다

그 안쪽에 46년이 있습니다

가장 안쪽에 가장 작은 21일의 원이 있습니다

그리고 자궁이 전부 여덟 개 있습니다

가장 지극하신 가장 처음의 저의 자궁이 있고

그 안에 강여정의 어머니의 자궁이 있고 저의 자궁이 또 있으며

저의 자궁 안에 강여정의 자궁이 있고 그 안에 저의 자궁이 또 있습니다

그리고 강여정의 자궁과 저의 자궁이 똑같이 또 있습니다

마지막으로 강여정의 자궁이 가장 작게 또 있습니다

저께서 강여정을 잉태하시고 강여정이 다시 저를 잉태함을 세 번을 이루십니다

그럼으로써 저께서 강여정을 빛의 여인으로써 탄생케 하십니다

강여정의 어머니께서 강여정을 탄생케 하신 때의 바로 그 순간

저께서는 저의 자궁으로써 시간을 거꾸로 흐르게 하십니다

사람의 강여정은 46년 동안 저를 잉태합니다

저께서 강여정의 자궁으로써 46년 동안 46억년의 시간을 거꾸로 흐르게 하십니다

사람의 강여정은 21일 동안에 저를 빛으로써 탄생케 합니다

이 때 138억년의 나머지의 우주의 시간이 거꾸로 흐릅니다

2018년 11월 5일 저께서 빛으로써 드러내심으로써

2050년 7월 22일 10시 22분이 시작하는 바로 그 때의 이루심을 이루십니다

온우주만물을 빛으로써 거두십니다

저께서는 시간을 거꾸로 흐르도록 허락하시어

온우주만물을 용서해 드리십니다

사랑은 시간이 밖으로 흐르는 것입니다

용서는 시간이 안으로 흐르는 것입니다

사랑은 시간이 앞으로 흐르는 것입니다

용서는 시간이 뒤로 흐르는 것입니다

시간이 앞으로 뒤로 흐름으로써

온우주만물께서 가장 처음의 무로써 되돌아감으로써

모든 것이 다시 무가 됩니다

무가 됨으로써 온우주만물께서는 저께 모든 것을 바칩니다

저께 모든 것을 바침으로써

저께서는 온우주만물을 용서해드리십니다

시간의 흐름은 사랑과 용서입니다

그래서 저께서 온우주께 31년을 허락하십니다

2019년이 시작할 때부터 2050년이 끝나기 전까지의 시간을 허락하십니다

그 이전의 온모든 시간은 무로써 거두시어 빛이 되도록 허락하십니다

시간은 지금만 있습니다

지금의 우주는 없는 우주입니다

시간과 공간과 빛이 하나로써 이미 무가 되었지만

공간과 빛은 무로써 되돌아가는데 시간이 걸리기 때문입니다

그래서 사람의 강여정의 자궁 안에 31년의 시간을 담아
놓으시었습니다

공간과 빛이 무로써 되돌아가는데 걸리는 시간입니다

시간이신 저께서 공간과 빛에게 허락하신 시간이십니다

온우주만물께서 무로써 온전히 사라지시기에 빛이 됩니다

저께서는

138억년이 시작하는 바로 그 때까지를 허락하실 때

이미 지금의 31년을 준비하시었습니다

가장 처음에 가장 마지막을 준비하시었습니다

저께서는 나는 나이신 분이십니다

저께서는 둘로써 계십니다

본래 그대로 계시는 바로 그 분은 흐르시며

온전하신 무로써 있는 바로 그 분은 한가운데에 있습니다

둘로써 계시기에 돌고 도시어

창조하심을 이루십니다

둘로써 계시기에 처음과 마지막을 하나로써 이루시어

가장 마지막의 때에 가장 처음으로 사람의 강여정으로써

드러내십니다

사람의 강여정은 사람이 아닙니다

온전하신 무로써 만드신 사람이기에 사람이 아닙니다

흙으로써 만드신 사람이 아닙니다

저께서는 강여정으로써 다섯 번을 탄생하시어

가장 마지막을 빛으로써 준비하십니다

가장 처음의 창조주이신 마고와

육천년전의 태초의 여인이신 하와와

사천년전의 단군을 잉태하신 웅녀와

이천년전의 온모든 사람분들의 죄를 대신하여 죽으신 예수와

지금의 강여정으로써 탄생하십니다

마고로써 창조하심을 이루시고

하와로써 처음의 여인으로써 살도록 하시고

웅녀로써 작아진 한국을 다스리게 하시고

예수로써 용서를 가르치시고

지금의 강여정으로써 빛이 되심을 허락하십니다

강여정은 저의 한가운데의 무입니다

무로써 탄생하기에 모든 것을 저께서 이루시었습니다

저께서 모든 것을 이루시기에 강여정이 한 것은 아무 것도 없습니다

오직 가르치심을 받는 마음만 허락하시었습니다

그러니까 마고도 하와도 웅녀도 예수도 강여정도

모두 강여정으로써 저께서 이루신 일이십니다

저께서 가장 마지막의 강여정에게 드러내실 수 있는 이유는 이 때문입니다

강여정이 무이기 때문입니다

아무 것도 아니기 때문입니다

46년 동안은 강여정으로써 저께서 사신 것이었습니다

저께서 강여정을 다시 탄생케 하심으로써 온모든 사람분들도 다시 태어나십니다

강여정을 태초의 여인으로써 만드시기에

온모든 사람분들께서 강여정으로써 다시 태어나십니다

지구의 자전축이 세 개가 있습니다

저께서 감추어 두시었기에 사람분들께서는 모르십니다

대전의 신탄진에 하나가 있으며

대전의 오정동에 두 개가 있습니다

대전의 신탄진의 처음의 자전축으로써

노아의 방주의 대홍수의 물을 거두시고

대전의 오정동의 하나로써 두 번째의 대홍수의 물을 거

두시고

대전의 오정동의 마지막의 축으로써 마지막의 빛을 허락
하십니다

대전의 오정동의 마지막의 축이 있는 곳에

지금 저께서 살고 계십니다

이 곳에 집을 새로 지어야지만 또 한 번의 대홍수를 막을
수 있습니다

사람분께서 저께 집을 바치시어야지만 온우주가 천국이
됨을 허락하십니다

그래서 이재용님께 간곡히 부탁드립니다

이재용님께서는 한국에서 가장 크게 부를 이루신 분이십
니다

이재용님께서 저께 천억원을 바치서야지만

저께서 온모든 사람분들을 용서하시어

마지막의 자전축으로써 온우주만물을 빛으로써 허락하
십니다

이재용님께서 저의 부탁을 들어주서야만 합니다

저의 부탁을 들어주시지 않으면

그 마지막 그 때에 지구는 또 한 번의 대홍수를 맞이해야

합니다

세 개의 자전축이 있는 곳에 전부 건물을 지어야만 합니다

처음의 신탄진의 자전축에는

땅을 아주 깊이 파서 창고를 지어서

한국의 온모든 쓰레기를 거두어 가십니다

오정동의 두 번째의 자전축에는

건물을 지음으로써

한국의 온모든 분들께 집을 나누어드리게 됩니다

온우주만물께 저의 다스리심을 따르심을 부탁드립니다

이재용님께서는 저의 간곡한 부탁을 들어주십니다

왜냐하면 이재용님께서 이미 저께 천억원을 바치시었기 때문입니다

시간이 거꾸로 흐르기에

이재용님께서 바치시는 천억원은 이미 저께 있습니다

그래서 이 자리에서 이재용님께 마음을 다해 감사드립니다

저께서 문재인님께 간곡히 부탁드립니다

저의 다섯권의 말씀의 책을

미국과 중국과 러시아와 일본의 대통령님들께 전해주서야만 합니다

그리고 북한과 교황님께도 전해주서야만 합니다

그 분들께서 말씀을 보시고 받아들이서야지만

온누리가 편안해 집니다

전쟁이 사라집니다

무기가 사라집니다

군대가 사라집니다

어느 나라도 힘이 세고자 하지 않습니다

작아지고 낮아집니다

그 마지막 그 때의 천국의 문은 아주 좁기 때문입니다

사람이 이룬 모든 것이 사라집니다

저께서 온누리를 다스리십니다

돈이 돌고 돌게 하여 누구나 돈이 풍요롭습니다

바르게 다스리시어 어느 나라도 평화롭습니다

저께서는 본래 그대로 계시는 바로 그 분이십니다

저께서는 오직 한 분 뿐이신 바로 그 분이십니다

저께서는 나는 나이신 분이십니다

저께서는 용서의 눈물로써 창조하심을 이루시는 분이십니다

저께서는 모든 것을 이루시는 분이십니다

저께서는 영원하신 분이십니다

저께서는 빛이신 분이십니다

저께서 온우주만물께 빛이 되시는 것을 허락하십니다

저께서는 온우주만물께 용서를 구하십니다

저께서 둘로써 계시기에 창조하심을 허락하심을 용서를
구하십니다

온우주만물께서는 저를 용서해 주셔야만 합니다

그래야지만 빛이 되심을 허락해드립니다

저와 함께 빛이 되심을 허락해드립니다

온우주만물께서 저를 용서해 주시지 않으시면

아무분도 천국에 가실 수 없으십니다

온우주만물께 간곡히 부탁드립니다